Richard Wagner

Die Wibelungen

Anatiposi

Richard Wagner

Die Wibelungen

Unveränderter Nachdruck der Originalausgabe von 1850.

1. Auflage 2023 | ISBN: 978-3-38240-022-4

Anatiposi Verlag ist ein Imprint der Outlook Verlagsgesellschaft mbH.

Verlag: Outlook Verlag GmbH, Zeilweg 44, 60439 Frankfurt, Deutschland
Vertretungsberechtigt: E. Roepke, Zeilweg 44, 60439 Frankfurt, Deutschland
Druck: Books on Demand GmbH, In de Tarpen 42, 22848 Norderstedt, Deutschland

Die Wibelungen

Weltgeschichte aus der Sage

Von

Richard Wagner

Im Insel-Verlag zu Leipzig

Auch mich beschäftigte in der anregungsvollen letzten
Vergangenheit die von so vielen ersehnte Wieder=
erweckung Friedrich des Rotbarts und drängte mich mit
verstärktem Eifer zur Befriedigung eines bereits früher von
mir gehegten Wunsches, den kaiserlichen Helden durch meinen
schwachen dichterischen Atem von neuem für unsre Schau=
bühne zu beleben. Das Ergebnis der Studien, durch die ich
mich meines Stoffes mächtig zu machen suchte, legte ich in
der vorliegenden Arbeit nieder: enthält diese nun in ihren
Einzelnheiten für den Forscher wie für den mit dem Zweige
der hierher gehörigen Literatur vertrauten Leser nichts Neues,
so dünkte die Zusammenfügung und Verwendung dieser
Einzelnheiten einigen meiner Freunde doch interessant genug,
um die Veröffentlichung der kleinen Schrift zu rechtfertigen.
Hierzu entschließe ich mich nun um so eher, als diese Vor=
arbeit die einzige Ausbeute meiner Bemühungen um den
betreffenden Stoff bleiben wird, da durch sie selbst ich zum
Aufgeben meines dramatischen Planes vermocht worden bin,
und zwar aus Gründen, die dem aufmerksamen Leser nicht
entgehen werden.

Das Urkönigtum

Ihre Herkunft aus Osten ist den europäischen Völkern bis
in die fernsten Zeiten im Gedächtnis geblieben: in der
Sage, wenn auch noch so entstellt, bewahrte sich dieses An=
denken. Die bei den verschiedenen Völkern bestehende könig=
liche Gewalt, das Verbleiben derselben bei einem bestimmten
Geschlechte, die Treue, mit der selbst bei tiefster Entartung
dieses Geschlechtes die königliche Gewalt doch einzig nur ihm

zuerkannt wurde, — mußten im Bewußtsein der Völker eine
tiefe Begründung haben: sie beruhte auf der Erinnerung
an die asiatische Urheimat, an die Entstehung der Völker=
stämme aus der Familie und an die Macht des Hauptes
der Familie, des „von den Göttern entsprossenen“ Stamm=
vaters.

Um hiervon zu einer sinnlichen Vorstellung zu gelangen,
haben wir uns dies Urvölkerverhältnis ungefähr folgender=
maßen zu denken.

Zu der Zeit, welche die meisten Sagen unter der Sint=
oder großen Flut begreifen, als die nördliche Halbkugel
unsrer Erde ungefähr so mit Wasser bedeckt war, wie es jetzt
die südliche ist[1], mochte die größte Insel dieses nördlichen
Weltmeeres durch das höchste Gebirge Asiens, den soge=
nannten indischen Kaukasus, gebildet werden: auf dieser In=
sel, d. h. auf diesem Gebirge, haben wir die Urheimat der
jetzigen Völker Asiens und aller der Völker zu suchen, welche
in Europa einwanderten. Hier ist der Ursitz aller Religionen,
aller Sprachen, alles Königtumes dieser Völker.

Das Urkönigtum ist aber das Patriarchat: der Vater war
der Erzieher und Lehrer seiner Kinder; seine Zucht, seine
Lehre dünkte den Kindern die Gewalt und die Weisheit
eines höheren Wesens, und je zahlreicher die Familie an=
wuchs, in je mannigfaltigere Nebenzweige sie auslief, desto
besonderer und göttlicherer Art mußte ihr das Stammes=
haupt erscheinen, dem ihre Leiber nicht nur sämtlich ent=
sprossen waren, sondern dem sie auch ihr geistiges Leben in
der Sitte verdankten. Übte dieses Haupt nun Zucht und
Lehre zugleich, so vereinigte sich in ihm von selbst die könig=

---

[1] Diese Hypothese soll, wie mir bald versichert wurde, nicht ganz
stichhaltig sein.

4

liche und die priesterliche Gewalt, und sein Ansehen mußte
in dem Verhältnisse wachsen, als die Familie zum Stamme
sich ausdehnte, und namentlich auch in dem Grade, als die
Macht des ursprünglichen Familienhauptes an seine unmit=
telbaren Leibessprossen als Erbe überging: gewöhnte sich
der Stamm, in diesen seine Oberhäupter zu erkennen, so
mußte endlich der längst dahingeschiedene Stammvater, von
dem dieses unbestrittene Ansehen ausging, als ein Gott
selbst erscheinen, mindestens als die irdische Wiedergeburt
eines idealen Gottes, und diese je älter, desto heiliger wer=
dende Vorstellung konnte wiederum nur dazu dienen, das
Ansehen jenes Urgeschlechtes, dessen nächste Sprossen die
jedesmaligen Oberhäupter abgaben, auf das nachhaltigste
zu vermehren.

Als nun die Erde durch Zurücktreten der Gewässer von
der nördlichen und durch neue Überschwemmung der südli=
chen Halbkugel ihr jetziges Äußere annahm, drang die über=
reiche Bevölkerung jener Gebirgsinsel in die neuen Täler
und allmählich getrockneten Ebenen hinab. Welche Verhält=
nisse dahin wirkten, in den weiten Fruchtebenen Asiens unter
den sie bevölkernden Stämmen das Patriarchat in der Weise
fortzubilden, daß es sich zum monarchischen Despotismus
verhärtete, ist genugsam dargetan: die in weiter Wanderung
nach Westen endlich nach Europa gelangenden Stämme
gingen einer bewegteren und freieren Entwickelung entgegen.
Steter Kampf und Entbehrung in rauheren Gegenden und
Klimaten brachten zeitig bei den Stammesgenossen das Ge=
fühl und das Bewußtsein der Selbständigkeit des Einzel=
nen hervor, und als nächster Erfolg in dieser Richtung er=
weist sich die Gestaltung der Gemeinde. Jedes Familien=
haupt äußerte seine Macht über seine nächsten Angehörigen

in ähnlicher Weise, als das Stammeshaupt uraltem Her=
kommen gemäß sie über den ganzen Stamm ansprach: in
der Gemeinde sämtlicher Familienhäupter fand also der
König seinen Gegensatz und endlich seine Beschränkung.
Das Wichtigste aber war, daß dem Könige das priesterliche
Amt, d. h. zunächst die Deutung des Gottesausspruches —
die Gottesschau — verloren ging, indem dieses mit derselben
Befugnis, wie vom Urvater für seine Familie, nun von je=
dem einzelnen Familienhaupte für seine nächste Sippe aus=
geübt ward. Dem Könige verblieb somit hauptsächlich die
Anwendung und Ausführung des von den Gliedern der
Gemeinde erkannten Gottesausspruches im gleich beteiligten
Interesse aller und im Sinne der Stammessitte. Je mehr
sich nun die Aussprüche der Gemeinde auf weltliche Rechts=
begriffe, nämlich auf den Besitz und das Recht des Einzel=
nen auf den Genuß desselben, zu beziehen hatten, desto mehr
mochte jene Gottesschau, die ursprünglich als eine wesentlich
höhere Machtbefähigung des Stammvaters gegolten hatte,
in ein persönliches Dafürhalten in weltlichen Streitfällen
übergehen, das religiöse Element des Patriarchates somit
sich immer mehr verflüchtigen. Nur in der Person des Kö=
nigs und in seiner unmittelbaren Sippe mußte es für die
Gemeinde des Stammes haften: er war der sichtbare Ver=
einigungspunkt für alle Glieder derselben; in ihm ersah man
den Nachfolger des Urvaters der weitverzweigten Genos=
senschaft, und in jedem Gliede seiner Familie erkannte man
am reinsten das Blut, dem das ganze Volk entsprossen.
Mochte nun auch diese Vorstellung mit der Zeit sich immer
mehr verwischen, so blieb in dem Herzen des Volkes doch
um so tiefer die Scheu und Ehrfurcht vor dem königlichen
Stamme, je unfaßlicher ihm der ursprüngliche Grund der

Auszeichnung dieses Geschlechtes werden mochte, von dem
eben nur als altes unverändertes Herkommen galt, daß aus
keinem andern als aus diesem die Stammkönige zu wählen
seien. Finden wir dies Verhältnis bei fast allen nach Europa
gewanderten Stämmen wieder und erkennen wir es nament=
lich auch deutlich in bezug auf die Stammkönige der grie=
chischen Vorgeschichte, so erweist es sich uns am allerersicht=
lichsten unter den deutschen Stämmen, und hier vor allem
in dem alten Königsgeschlechte der Franken, in welchem
sich unter dem Namen der „Wibelingen" oder „Gibelinen"
ein uralter Königsanspruch bis zum Anspruch der Welt=
herrschaft steigerte.

Das fränkische Königsgeschlecht tritt in der Geschichte zu=
nächst unter dem Namen der „Merwingen" auf: uns ist be=
kannt, wie bei der tiefsten Entartung dieses Geschlechtes doch
nie den Franken es einfiel, aus einem andern als diesem sich
Könige zu wählen; jedes männliche Mitglied dieser Familie
war zum Herrschen berechtigt; ertrug man die Nichtswür=
digkeit des einen nicht, so schlug man sich zu dem andern,
nie aber wich man von der Familie selbst, und dies zu einer
Zeit der Verwilderung der Volkssitte, wo, bei williger An=
nahme der romanischen Verderbtheit, fast alles ursprüngliche
edle Band dieser Sitte sich löste, so daß allerdings das Volk
ohne sein Königsgeschlecht kaum wiederzuerkennen gewesen
wäre. Es war demnach, als ob das Volk wüßte, daß ohne
diesen Königsstamm es aufhören würde, das Volk der
Franken zu sein. Der Begriff von der unverwüstlichen Be=
fugnis dieses Geschlechtes muß demnach ebenso tief gewur=
zelt haben, als er noch in fernster Zeit erst nach den furcht=
barsten Kämpfen und nachdem er sich zu seiner höchsten ide=
alen Bedeutung erhoben, in der Weise ausgerottet ward,

daß sein Erlöschen zugleich den Beginn einer völlig neuen
Weltordnung herbeiführt. Wir meinen hiermit den Unter=
gang der „Gibelinen“.

Die Nibelungen

Der Menschen und Geschlechter rastloses Streben und
Drängen nach nie erreichten Zielen erhält aus ihren
Ur= und Stammsagen meist eine deutlichere Erklärung, als
sie aus ihrem Auftreten in der nackten Geschichte, welche uns
nur die Konsequenzen ihrer wesenhaften Eigentümlichkeit
überliefert, zu erlangen ist. Erfassen wir die Stammsage des
fränkischen Königsgeschlechtes recht, so finden wir in ihr eine
so merkwürdige Erklärung seines geschichtlichen Gebarens,
wie keine andere Anschauungsweise sie uns zu geben vermag.

Unbestritten ist die Sage von den Nibelungen das
Erbeigentum des fränkischen Stammes. Dem Forscher ist
erwiesen, daß der Urgrund auch dieser Sage religiös=my=
thischer Natur ist: ihre tiefste Bedeutung war das Urbe=
wußtsein des fränkischen Stammes, die Seele seines Kö=
nigsgeschlechtes, unter welchem Namen es auch jenes ur=
heimatliche Hochgebirge Asiens zuerst erwachsen gesehen ha=
ben möge. —

Von der ältesten Bedeutung des Mythus, in welcher wir
Siegfried als Licht= oder Sonnengott zu erkennen haben,
wollen wir für jetzt absehen: zur vorläufigen Hindeutung
auf seinen Zusammenhang mit der Geschichte, gedenken wir
der Sage hier erst von da an, wo sie das menschlichere Ge=
wand des Urheldentumes umwirft. Hier erkennen wir Sieg=
fried, wie er den Hort der Nibelungen und durch ihn

unermeßliche Macht gewinnt. Dieser Hort und die in ihm liegende Macht bleibt der Kern, zu dem sich alle weitere Gestaltung der Sage wie zu ihrem unverrückbaren Mittelpunkte verhält: alles Streben und alles Ringen geht nach diesem Horte der Nibelungen, als dem Inbegriffe aller irdischen Macht, und wer ihn besitzt, wer durch ihn gebietet, ist oder wird Nibelung.

Die Franken, welche wir in der Geschichte zuerst in der Gegend des Niederrheins kennen lernen, haben nun ein königliches Geschlecht, in welchem der Name „Nibelung" vorkommt, und namentlich unter den echtesten Gliedern dieses Geschlechtes, welche noch vor Chlodwig von einem Verwandten, Merwig, verdrängt wurden, später als Pipingen oder Karlingen die königliche Gewalt aber wiedergewannen. Dies genüge für jetzt, um auf die, wenn nicht genealogische, doch gewiß mythische Identität des fränkischen Königsgeschlechtes mit jenen Nibelungen der Sage hinzuweisen, welche in ihrer späteren, mehr historischen Ausbildung unverkennbare Züge aus der Geschichte dieses Stammes angenommen hat und deren Mittelpunkt wiederum stets der Besitz jenes Hortes, des Inbegriffes der Herrschergewalt, bleibt. —

Die fränkischen Könige bekämpften und unterwarfen nun nach der Gründung ihres Reiches im römischen Gallien auch die übrigen deutschen Volksstämme der Alemannen, Bayern, Thüringer und Sachsen: diese verhielten sich also zu den Franken fortan als Untergebene, und ward ihnen auch meistens ihre Stammessitte gelassen, so wurden sie doch am empfindlichsten dadurch betroffen, daß sie ihrer königlichen Stammesgeschlechter, soweit sie nicht bereits schon untergegangen waren, vollends beraubt wurden: dieser Verlust ließ sie ihrer Abhängigkeit erst vollkommen innewerden, und in ihm beklagten

sie den Untergang ihrer Volksfreiheit, da sie des Symboles
derselben beraubt waren. Mochte nun der Heldenglanz Karls
des Großen, in dessen Macht der Keim des Nibelungenhor=
tes zu vollster Kraft zu gelangen schien, eine Zeitlang den
tiefen Unmut der deutschen Stämme zerteilen und nament=
lich den Glanz der eigenen Königsgeschlechter sie allmählich
vergessen machen, nie doch verschwand die Abneigung gänz=
lich, und unter Karls Nachfolgern lebte sie so stark wieder
auf, daß dem Streben der unterdrückten deutschen Stämme
nach Befreiung von der fränkischen Herrschaft hauptsächlich
die Teilung des großen Reiches und das Losreißen des
eigentlichen Deutschlands aus ihm mit beizumessen ist. Ein
gänzliches Losreißen auch von jenem königlichen Herrscher=
stamme sollte jedoch erst in späterer Zeit vor sich gehen; denn
waren nun die rein deutschen Stämme zu einem unabhängi=
gen Königreiche vereinigt, so lag das Band dieser Vereini=
gung früher ganz selbständiger und voneinander getrennter
Volksstämme doch immer nur in der Königswürde, welche
einzig von einem Gliede jenes fränkischen Urgeschlechtes ein=
genommen werden konnte. Alle innere Bewegung Deutsch=
lands ging daher auf Unabhängigkeit der einzelnen Stämme
unter neu hervorgetretenen alten Stammgeschlechtern durch
Vernichtung der einigenden königlichen Gewalt, ausgeübt
von jenem verhaßten fremden Geschlechte.

Als die männlichen Karlingen in Deutschland gänzlich
ausgestorben, erkennen wir daher den Zeitpunkt, wo die
völlige Trennung der deutschen Stämme fast schon einge=
treten war, und gewiß vollständig eingetreten sein würde,
wenn die uralten Königsgeschlechter der einzelnen Stämme
in irgendwelcher Kenntlichkeit noch vorhanden gewesen wä=
ren. Die deutsche Kirche, namentlich ihr eigentlicher Patri=

arch, der Erzbischof von Mainz, rettete damals die (stets mühsam behauptete) Einheit des Reiches durch Übertragung der königlichen Gewalt an Herzog Konrad von Franken, der weiblicherseits ebenfalls von dem alten Königsgeschlechte herstammte: nur gegen die Schwäche auch seiner Regierung trat endlich die notwendig erscheinende Reaktion ein, welche sich im Versuche der Wahl eines Königs aus dem mächtigsten der früher unterworfenen, jetzt aber nicht mehr zu bewältigenden deutschen Volksstämme kundgab.

Zu der Wahl des Sachsenherzogs Heinrich mochte dennoch, gleichsam zur Heiligung derselben, die Rücksicht mitwirken, daß auch sein Geschlecht weiblicherseits mit den Karlingen verwandt geworden war. Welche Widersetzlichkeit aber das ganze neue sächsische Königshaus durchweg zu bekämpfen hatte, wird schon daraus erklärlich, daß Franken und Lothringer, d. h. die zu dem ursprünglich herrschenden Stamme sich zählenden Völker, den Sprossen eines früher von ihnen unterworfenen Volkes nie als rechtmäßigen König anzuerkennen geneigt sein konnten, die übrigen deutschen Stämme aber zur Anerkennung eines über sie alle gesetzten Königs aus einem Stamme, der ihresgleichen und früher gleich ihnen von den Franken unterworfen worden war, sich ebensowenig durch irgendwelchen rechtlichen Grund genötigt erachten konnten. Erst Otto I. gelang es, sich Deutschland völlig zu erobern, und namentlich dadurch, daß er gegen die heftigste und hochmütigste Feindschaft der eigentlichen fränkischen Stämme das Nationalgefühl der von diesen einst unterdrückten deutschen Stämme der Alemannen und Bayern in der Art aufregte, daß er in der Vereinigung ihres Interesses mit seinem königlichen Interesse die Kraft zur Niederhaltung der alten fränkischen Ansprüche gewann. Zur vollkommenen Be=

festigung seiner Königsgewalt scheint endlich aber auch die Erlangung der römischen Kaiserwürde, wie sie Karl der Große erneuert hatte, gewiß nicht wenig beigetragen zu haben, indem namentlich hierdurch der Glanz des alten fränkischen Herrscherstammes, eine noch unerloschene Scheu gebietend, auf ihn überzugehen schien: als ob sein Geschlecht dies sehr deutlich erkannt hätte, trieb seine Nachfolger es rastlos nach Rom und Italien, um von dorther mit dem ehrfurchterweckenden Heiligenscheine zurückzukehren, der daheim ihre heimische Abkunft gleichsam vergessen machen und sie in die Reihe jenes zur Herrschaft allein befähigten Urgeschlechtes versetzen sollte. Sie hatten somit den „Hort" gewonnen und waren „Nibelungen" geworden.

Das Jahrhundert des Königtumes des sächsischen Hauses bildet verhältnismäßig aber doch nur eine kurze Unterbrechung der ungleich längeren Andauer der Herrschaft des fränkischen Stammes; denn an einen Sprossen dieses Stammes, Konrad den Salier, — bei welchem wiederum weibliche Verwandtschaft mit den Karlingen nachgewiesen und in das Auge gefaßt wurde — kam nach dem Erlöschen des sächsischen Hauses wieder die Königsgewalt und verblieb nun bis zum Untergange der „Gibelinen" bei ihm. Die Wahl Lothars von Sachsen zwischen dem Erlöschen des männlichen fränkischen Stammes und der Fortsetzung desselben durch dessen Nachkommen weiblicherseits, die Hohenstaufen, ist nur als ein neuer, diesmal aber minder dauerhafter Reaktionsversuch zu betrachten; noch mehr die spätere Wahl des Welfen Otto IV. Erst mit der Enthauptung des jungen Konrad in Neapel ist das uralte Königsgeschlecht der „Wibelingen" als gänzlich erloschen zu betrachten, und streng genommen müssen wir erkennen, daß nach ihm es keine deutschen Könige, viel weniger noch Kaiser nach dem den Wibelingen inwohnenden hohen, idealen Begriffe von dieser Würde mehr gegeben hat.

Wibelingen oder Wibelungen

Betrachten wir den Namen Wibelingen, wie er uns im Gegensatze zu den Welfen zur Bezeichnung der kaiserlichen Partei — namentlich in Italien, wo die beiden streitenden Gegner ihre ideale Bedeutung erhielten — so häufig vorkommt, so erkennen wir bei näherer Untersuchung die vollständige Unmöglichkeit, durch uns überlieferte geschichtliche Denkmäler diesen gleichwohl höchst bedeutungsvollen Namen zu erklären. Und dies ist natürlich: die nackte Geschichte an und für sich bietet uns überhaupt nur selten, stets aber unvollkommen das für die Beurteilung der innersten (gleichsam instinktmäßigen) Beweggründe des rastlosen Drängens und Strebens ganzer Geschlechter und Völker genügende Material dar: wir müssen dies in der Religion und Sage suchen, wo wir es dann auch in den meisten Fällen mit überzeugender Bestimmtheit zu entdecken vermögen.

Religion und Sage sind die ergebnisreichen Gestaltungen der Volksanschauung vom Wesen der Dinge und Menschen. Das Volk hat von jeher die unnachahmliche Befähigung gehabt, sein eigenes Wesen nach dem Gattungsbegriffe zu erfassen und in plastischer Personifizierung deutlich sich vorzustellen. Die Götter und Helden seiner Religion und Sage sind die sinnlich erkennbaren Persönlichkeiten, in welchen der Volksgeist sich sein Wesen darstellt: bei der treffenden Individualität dieser Persönlichkeiten ist ihr Inhalt dennoch von

allgemeinster, umfassendster Art und verleiht eben deshalb
diesen Gestalten eine ungemein andauernde Lebensfähigkeit,
weil jede neue Richtung des Volkswesens sich unmerklich
auch ihnen mitzuteilen vermag, sie daher diesem Wesen im=
mer zu entsprechen imstande sind. Das Volk ist somit in
seinem Dichten und Schaffen durchaus genial und wahr=
haftig, wogegen der gelehrte Geschichtsschreiber, der sich nur
an die pragmatische Oberfläche der Vorfallenheiten hält, ohne
das Band der wesenhaften Volksallgemeinheit nach dem
unmittelbaren Ausdrucke desselben zu erfassen, pedantisch
unwahrhaftig ist, weil er den Gegenstand seiner eigenen
Arbeit selbst nicht mit Geist und Herz zu verstehen vermag
und daher, ohne es zu wissen, zu willkürlicher, subjektiver
Spekulation hingetrieben wird. Nur das Volk versteht
sich selbst, weil es selbst täglich und stündlich das in Wahrheit
tut und vollbringt, was es seinem Wesen nach kann und
soll, während der gelehrte Schulmeister des Volkes sich ver=
geblich den Kopf zerbricht, um das, was das Volk eben
ganz von selbst tut, zu begreifen.

Hätten wir — um die Wahrhaftigkeit der Volksanschau=
ung auch in bezug auf unseren vorliegenden Stoff zu erhel=
len — statt einer Herren= und Fürstengeschichte eine Volks=
geschichte, so würden wir in ihr jedenfalls auch finden, wie
den deutschen Völkern von jeher für jenes wunderbare,
Scheu erregende und von allen als von höherer Art betrach=
tete fränkische Königsgeschlecht ein Name bekannt war, den
wir endlich geschichtlich in italienischer Entstellung als Ghi=
belini wiederfinden. Daß dieser Name nicht nur die Hohen=
staufen in Italien, sondern in Deutschland schon deren Vor=
gänger, die fränkischen Kaiser bezeichnete, ist durch Otto von
Freisingen historisch bezeugt: die zu seiner Zeit in Oberdeutsch=

land geläufige Form dieses Namens war Wibelingen und
Wibelungen. Diese Benennung träfe nun vollständig mit
dem Namen der Haupthelden der urfränkischen Stamm=
sage, sowie mit dem bei den Franken nachweislich häufigen
Familiennamen Nibeling überein, wenn die Veränderung
des Anfangsbuchstabens N in W erklärt würde. Die lin=
guistische Schwierigkeit dieser Erklärung löst sich mit Leich=
tigkeit, sobald wir eben den Ursprung jener Buchstabenver=
wechselung richtig erwägen; dieser lag im Volksmunde,
welcher sich die Namen der beiden streitenden Parteien der
Welfen und Nibelungen nach der der deutschen Sprache in=
wohnenden Neigung zum Stabreime geläufig machte, und
zwar im bevorzugenden Sinne der Partei der deutschen
Volksstämme, indem er den Namen der „Welfen" voran=
stellte und den der Feinde ihrer Unabhängigkeit als Reim
ihm nachfolgen ließ. Welfen und Wibelungen wird das
Volk lange gekannt und genannt haben, ehe gelehrten Chro=
nisten es beikam, sich mit der Erklärung dieser ihnen unbe=
greiflich gewordenen populären Benennungen zu befassen.
Die italienischen Völker aber, in ihren Kämpfen gegen die
Kaiser den Welfen ebenfalls näher stehend, nahmen aus dem
deutschen Volksmunde, ihrer Aussprache gemäß, die Na=
men ganz richtig als „Guelphi" und „Ghibelini" auf. Der
Bischof Otto von Freisingen geriet in gelehrter Verlegenheit
auf den Einfall, die Benennung der kaiserlichen Partei von
dem Namen eines ganz gleichgültigen Dorfes, Waiblingen,
herzuleiten — ein köstlicher Zug, der uns recht deutlich macht,
wie kluge Leute Erscheinungen von weltgeschichtlicher Be=
deutsamkeit, wie diesen im Volksmunde unsterblichen Na=
men, zu verstehen imstande sind! Das schwäbische Volk
wußte es aber besser, wer die „Wibelungen" waren, denn

es nannte die Nibelungen so, und zwar von der Zeit des
Auftommens der ihm blutsverwandten, einheimischen Wel=
fen an.

Gewinnen wir nun, und zwar namentlich im Sinne der
Volksanschauung, die Überzeugung von der Identität jenes
Namens mit dem des uralten fränkischen Königsgeschlechtes,
so sind die Folgerungen und Ergebnisse hieraus für ein ge=
naues und inniges Verständnis des wunderbaren Aufstre=
bens, Drängens und Handelns dieses Geschlechtes, sowie
der ihnen widerstrebenden physischen und geistigen Gegen=
sätze im Volke und in der Kirche so wichtig und erläuternd,
daß man sich eben nur diese Überzeugung zu verschaffen hat,
um heller und mit vollerem Herzen in eine der einflußreich=
sten Perioden weltgeschichtlicher Entwickelung und die Haupt=
triebfedern derselben zu blicken, als unsere trockene Chroniken=
geschichte es uns je zu gewähren vermag; denn in jener ge=
waltigen Nibelungensage zeigt sich uns gleichsam der Urkeim
einer Pflanze, der für den aufmerksamen Beobachter die
naturgesetzlichen Bedingungen, nach denen sich ihr Wachs=
tum, ihre Blüte und ihr Tod gestaltet, in sich klar erken=
nen läßt.

Fassen wir also diese Überzeugung, und zwar nicht stärker
und zuversichtlicher, als sie bereits im Volksbewußtsein des
Mittelalters gleichzeitig mit den Taten jenes Geschlechtes
lebte und selbst in der poetischen Literatur der hohenstaufischen
Periode sich aussprach, wo wir in den christlich=ritterlichen
Dichtungen sehr deutlich das endlich kirchlich gewordene
welfische Element, in den neu gefügten und gestalteten Nibe=
lungenliedern aber ebenso ersichtlich das jenem schroff gegen=
überstehende, oft noch urheidnisch sich gebarende wibelin=
gische Prinzip unterscheiden dürfen.

Die Welfen

Ehe wir an die genauere Betrachtung des zuletzt Ange=
deuteten gehen, ist es wichtig, die unmittelbare Gegen=
partei der Wibelingen, die der Welfen, näher zu bezeichnen.
Auch dieser Name ist bedeutungsvoll. In der deutschen
Sprache heißen „Welfe" in gesteigerter Anwendung: Säug=
linge, nämlich zunächst der Hunde, dann vierfüßiger Tiere
überhaupt. Der Begriff echter Abstammung durch Nährung
von der Mutterbrust verband sich hiermit leicht, und ein
„Welfe" mochte im dichterischen Volksmunde bald soviel
bedeuten als: ein echter Sohn, von der echten Mutter ge=
boren und genährt.

In den Zeiten der Karlingen tritt auf seinem alten schwä=
bischen Stammsitze geschichtlich ein Geschlecht auf, in wel=
chem der Name Welf sich bis in die spätesten Zeiten erblich
erhielt. Ein Welf ist es, der zunächst die geschichtliche Auf=
merksamkeit dadurch auf sich zieht, daß er verschmäht, Be=
lehnungen der fränkischen Könige zu empfangen; als er es
nicht verhindern konnte, daß seine Söhne teils in Familien=
verbindungen, teils in Lehensabhängigkeit zu den Karlingen
traten, verließ der alte Vater in tiefem Kummer Erbe und
Eigen und zog sich in wilde Einsamkeit zurück, um nicht
Zeuge der Schmach seines Geschlechtes zu sein.

Wenn uns die trockene Geschichtsbeschreibung der damali=
gen Zeit diesen für sie unwichtigen Zug aufzuzeichnen für
gut hielt, dürfen wir mit Gewißheit annehmen, daß er vom
Volke der unterdrückten deutschen Stämme ungleich lebhaf=
ter aufgefaßt und verbreitet worden sei; denn dieser Zug,
der ähnlich wohl schon oft vorgekommen sein mochte, sprach
mit Energie das von allen deutschen Stämmen empfundene

stolze und doch leidende Bewußtsein von sich dem herrschen=
den Stamme gegenüber aus. Welf mochte als ein „echter
Welfe", ein echter Sohn der echten Stammesmutter ge=
priesen werden, und bei dem immer wachsenden Reichtume
und Ansehen seines Geschlechtes mochte es endlich leicht
kommen, daß das Volk im Namen Welf den Vertreter der
deutschen Stammesunabhängigkeit gegen die gescheute, nie
aber geliebte fränkische Königsgewalt erblickte.

In Schwaben, ihrem Stammsitze, ersahen endlich die
Welfen in der Erhebung der geringen Hohenstaufen durch
Verschwägerung mit den fränkischen Kaisern und durch ihr
Gelangen zur schwäbischen, dann auch fränkischen Herzogs=
würde, eine neue, ihnen angetane Schmach, und ihre natür=
liche Erbitterung gegen dieses Geschlecht benutzte König Lo=
thar als Hauptmittel des Widerstandes gegen die Wibelun=
gen, die seine Königsmacht offen bestritten: er vermehrte die
Macht der Welfen in einem bis dahin unerhörten Maße
durch die gleichzeitige Verleihung der beiden Herzogtümer
Sachsen und Bayern an sie, und nur durch den so ihm er=
wachsenen mächtigen Beistand wurde es ihm möglich, sein
in den Augen der Wibelungen angemaßtes Königtum gegen
diese zu behaupten, ja sie selbst so zu demütigen, daß sie es
für nicht ungeraten hielten, durch Verschwägerung mit den
Welfen sich eine zukünftige Stütze unter den deutschen Stäm=
men zu schaffen. Wiederholt fiel der Besitz fast des größten
Teiles von Deutschland den Welfen zu, und Friedrich I.
schien in der Anerkennung eines solchen Besitzes, nachdem
sein wibelingischer Vorgänger es für nötig erachtet, durch
Entziehung desselben die Welfen wieder zu schwächen, selbst
die beste Versöhnung mit einer unbesiegbaren Nationalpar=
tei und das Mittel einer dauernden Beschwichtigung des

18

uralten Hasses zu finden, indem er sie gewissermaßen durch den realen Besitz befriedigte, um desto ungestörter das von ihm, wie von keinem vorher, erkannte ideale Wesen des Kaisertumes zu verwirklichen.

Welcher Anteil am endlichen Untergange der Wibelungen, und mit ihm des eigentlichen Königtumes über die Deutschen, den Welfen zuzuschreiben ist, liegt in der Geschichte deutlich vor: die letzte Hälfte des dreizehnten Jahrhunderts zeigt uns die vollständig durchgesetzte Reaktion des nach Unabhängigkeit verlangenden engeren Nationalgeistes der deutschen Stämme gegen die von den Franken ursprünglich ihnen aufgezwungene königliche Gewalt über sie alle. Daß die Stämme bis dahin endlich selbst fast aufgelöst und in einzelne Teile zerstückt waren, wird unter anderem auch dadurch erklärlich, daß sie bereits infolge ihrer ersten Unterwerfung unter die Franken ihre königlichen Stammgeschlechter verloren hatten; ihre sonstigen, diesen am nächsten stehenden adeligen Geschlechter konnten daher um so leichter unter dem Schutze und Vorwande erblich gewordener kaiserlicher Belehnungen sich selbständig (reichsunmittelbar) machen und so die gründliche Zertrümmerung der Stämme herbeiführen, in deren großartigerem Nationalinteresse ursprünglich der Kampf gegen die Obergewalt der Wibelungen geführt worden war. Die endlich erfolgreiche Reaktion gründete sich daher weniger auf einen wirklichen Sieg der Stämme, als auf den Zusammensturz der von jeher durch diesen Kampf untergrabenen königlichen Zentralgewalt. Daß sie somit nicht im Sinne des Volkes vor sich ging, sondern im Interesse der die Volksstämme zersplitternden Herren, ist das Widerliche in dieser geschichtlichen Erscheinung, so sehr auch dieser Ausgang im Wesen der vorhandenen historischen Elemente selbst begründet

lag. Alles, was hierauf Bezug hat, können wir aber das
(einer Stammsage gänzlich bare) „welfische" Prinzip nennen,
demgegenüber das der Wibelungen zu nichts Geringerem
als einem Anspruch auf die Weltherrschaft heranwuchs.

Der Nibelungenhort im fränkischen Königsgeschlechte

Um das Wesen der Nibelungensage in seinem innigen Be-
zuge zur geschichtlichen Bedeutsamkeit des fränkischen
Königtumes klar zu erfassen, wenden wir uns nun nochmals
und etwas ausführlicher zur Betrachtung des geschichtlichen
Gebarens dieses alten Fürstengeschlechtes zurück.

In welchem Zustande von Auflösung der inneren Geschlechtsverfassung die fränkischen Stämme endlich in ihrem
geschichtlichen Wohnsitze, den heutigen Niederlanden, anlang-
ten, ist nicht genau zu erkennen. Wir unterscheiden zunächst
salische und ripuarische Franken, und nicht nur diese Trennung, sondern auch der Umstand, daß größere Gaue ihre
selbständigen Fürsten hatten, macht es uns einleuchtend,
daß das ursprüngliche Stammkönigtum durch die Wanderung und die mannigfaltigste Losreißung, auch wohl spätere Wiedervereinigung der Zweiggeschlechter, eine stark de-
mokratische Zersetzung erlitten hatte. Sicher sind wir aber
darüber, daß nur aus den Gliedern des ältesten Geschlechtes
des ganzen großen Stammes Könige oder Heerführer gewählt wurden: erblich war ihre Gewalt wohl über die einzelnen Teile des Ganzen, ein Haupt aller vereinigten Stämme für besondere gemeinschaftliche Unternehmungen wurde
gewählt, aber, wie gesagt, immer nur aus den Zweigen des
uralten Königsgeschlechtes.

Im „Nibelgau" sehen wir das jedenfalls älteste und ech=
teste Glied des Geschlechtes sitzen: Chlojo oder Chlodio
dürfen wir in der Geschichte als den ältesten Inhaber der
eigentlichen königlichen Gewalt, d. i. des Hortes der Nibe=
lungen, ansehen. Siegreich waren die Franken bereits in die
römische Welt eingedrungen, wohnten unter dem Namen
von Bundesgenossen im ehemals römischen Belgien, und
Chlojo verwaltete gewissermaßen mit römischer Machtvoll=
kommenheit eine ihm untergebene Provinz. Sehr vermut=
lich war dieser endlichen Besitznahme auch ein entscheidender
Kampf mit römischen Legionen vorausgegangen, und unter
der Beute mochten sich außer den Kriegskassen auch die
Machtzeichen römischer Imperatorengewalt befunden haben.
An diesen Schätzen, diesen Zeichen mochte die Stammsage
vom Nibelungenhorte neuen, realen Stoff zur Auffrischung
finden, und ihre ideale Bedeutung sich an der mit jenem
Gewinn zusammenhängenden, neu und fester begründeten
königlichen Gewalt des alten Stammherrschergeschlechtes
ebenfalls erneuert haben. Die zersplitterte königliche Gewalt
gewann hiermit wieder einen sicheren, realen und idealen
Vereinigungspunkt, an dem sich die Willkür des entarteten
Wesens der Geschlechtsverfassung brach. Den weitverzweig=
ten unmittelbaren Verwandten des Königsgeschlechtes mochte
der Vorzug dieser neuentstandenen Gewalt ebenso stark ein=
leuchten, als sie selbst dem Streben, sie an sich zu reißen, sich
hingaben. Ein solcher unmittelbarer Geschlechtsverwandter
war Merwig, Häuptling des Merwegaues, in dessen
Schutz der sterbende Chlojo seine drei unmündigen Söhne
übergab; der ungetreue Vetter, statt den Pfleglingen ihr
Erbe zu teilen, riß es selbst an sich und vertrieb die Hilflo=
losen: diesem Zuge begegnen wir in der weiter entwickelten

Nibelungenfage, als Siegfried von Morungen, d. i. Merwun=
gen, den Söhnen Nibelungs den ererbten Hort teilen soll, wo=
gegen er ihn ebenfalls für sich behält. Die in dem Horte liegende
Befähigung und Berechtigung war nun auf die den Nibelun=
gen blutsverwandten Merwingen übergegangen: sie dehnten
namentlich seine reale Machtbedeutung zu immer vollerem
Maße aus durch fortgesetzte Eroberung und Vermehrung der
königlichen Macht, letztere aber vorzüglich auch dadurch, daß sie
ebenso sorglich als gewaltsam auf die Ausrottung aller Bluts=
verwandten ihres königlichen Geschlechtes bedacht waren.

Einer der Söhne Chlojos und dessen Nachkommenschaft
waren jedoch erhalten worden; diese rettete sich in Austrasien,
gewann wieder den Nibelgau, saß in Nivella und ging in
das geschichtlich endlich wieder hervortretende Geschlecht der
„Pipingen“ aus, welchen populären Namen es unstreitig
der innigen Teilnahme des Volkes an dem Schicksal jener
unmündigen kleinen Söhne Chlojos verdankte, und aus
richtigem Dankgefühl gegen die schützende und helfende Liebe
desselben Volkes erblich annahm. Diesen war es nun auf=
behalten, nach Wiedererlangung des Nibelungenhortes den
realen Wert der auf ihn begründeten weltlichen Macht zur
äußersten Spitze der Geltung zu bringen. Karl der Große,
dessen Vorgänger das durch immer angeschwollene Macht
verderbte und tief entartete Geschlecht der Merwingen end=
lich ganz beseitigt hatten, gewann und beherrschte die ganze
deutsche Welt und das ehemalige weströmische Reich, soweit
deutsche Völker es innehatten; er konnte sich somit durch
den tatsächlichen Besitz als in das Recht der römischen
Kaiser eingetreten betrachten und die Bestätigung desselben
durch den römischen Oberpriester sich zuerteilen lassen.

Von diesem hohen Standpunkte aus müssen wir uns nun,

und zwar im Sinne des gewaltigen Nibelungen selbst, zu einer Betrachtung der damaligen Weltlage anhalten; denn dies ist zugleich der Punkt, von dem aus die historische Bedeutung der oft angezogenen fränkischen Stammsage genauer in das Auge zu fassen ist.

Wenn Karl der Große von der Höhe seines weströmischen Kaiserthrones über die ihm bekannte Welt hinblickte, so mußte er zunächst innewerden, daß in ihm und seinem Geschlechte das deutsche Urkönigtum einzig und allein erhalten war: alle Königsgeschlechter der ihm blutsverwandten deutschen Stämme, soweit die Sprache ihre gemeinschaftliche Herkunft bezeugte, waren vergangen oder bei der Unterwerfung vernichtet worden, und er durfte sich somit als den alleinigen Vertreter und blutsberechtigten Inhaber deutschen Urkönigtumes betrachten. Dieser tatsächliche Bestand konnte ihn und die ihm zunächst verwandten Stämme der Franken sehr natürlich zu dem Bedünken führen, in sich das besonders begünstigte älteste und unvergänglichste Stammgeschlecht des ganzen deutschen Volkes zu erkennen, und endlich eine ideelle Berechtigung zu dieser Annahme in ihrer uralten Stammsage selbst zu finden. In dieser Stammsage ist, wie in jeder uralten Sage ähnlicher Art, ein ursprünglich religiöser Kern deutlich erkennbar. Ließen wir die Beachtung desselben bei seiner ersten Erwähnung zur Seite liegen, so ist er jetzt näher hervorzuziehen.

Ursprung und Entwickelung des Nibelungenmythus

Den ersten Eindruck empfängt der Mensch von der ihn umgebenden Natur, und keine Erscheinung in ihr wird von Anfang an so mächtig auf ihn gewirkt haben, als diejenige,

welche ihm die Bedingung des Vorhandenseins oder doch
Erkennens alles in der Schöpfung Enthaltenen auszumachen
schien, das ist: das Licht, der Tag, die Sonne. Dank,
und endlich Anbetung, mußte diesem Elemente sich zunächst
zuwenden, um so mehr als sein Gegensatz, die Finsternis,
die Nacht, unerfreulich, daher unfreundlich und grauener=
regend erschien. Ging dem Menschen nun alles Erfreuende
und Belebende vom Lichte aus, so konnte es ihm auch als
der Grund des Daseins selbst gelten: es ward das Er=
zeugende, der Vater, der Gott; das Hervorbrechen des
Tages aus der Nacht erschien ihm endlich als der Sieg
des Lichtes über die Finsternis, der Wärme über die Kälte
usw., und an dieser Vorstellung mag sich zunächst ein sitt=
liches Bewußtsein des Menschen ausgebildet und zu dem
Innewerden des Nützlichen und Schädlichen, des Freund=
lichen und Feindlichen, des Guten und Bösen gesteigert
haben.

Soweit ist jedenfalls dieser erste Natureindruck als ge=
meinschaftliche Grundlage der Religion aller Völker zu be=
trachten. In der Individualisierung dieser aus allgemein=
sinnlichen Wahrnehmungen entstandenen Begriffe ist aber
die dem besonderen Charakter der Völker angemessene, all=
mählich immer mehr heraustretende Scheidung der Religio=
nen zu finden. Die hierher bezügliche Stammsage der Fran=
ken hat nun den hohen eigentümlichen Vorzug, daß sie, der
Besonderheit des Stammes angemessen, sich fort und fort
bis zum geschichtlichen Leben entwickelt hat, während wir ein
ähnliches Wachsen des religiösen Mythus bis zur historisch
gestalteten Stammsage nirgends bei den übrigen deutschen
Stämmen wahrzunehmen vermögen: ganz in dem Verhält=
nis, als diese in tätiger Geschichtsentwickelung zurückblieben,

blieb auch ihre Stammsage im religiösen Mythus haften
(wie vorzüglich bei den Skandinaven), oder sie ging unvoll=
ständig entwickelt beim Anstoß mit lebhafteren Geschichts=
völkern in unselbständige Trümmer verloren.

Die fränkische Stammsage zeigt uns nun in ihrer fernsten
Erkennbarkeit den individualisierten Licht= oder Sonnengott,
wie er das Ungetüm der chaotischen Urnacht besiegt und er=
legt: — dies ist die ursprüngliche Bedeutung von Siegfrieds
Drachenkampf, einem Kampfe, wie ihn Apollon gegen
den Drachen Python stritt. Wie nun der Tag endlich doch
der Nacht wieder erliegt, wie der Sommer endlich doch dem
Winter wieder weichen muß, ist aber Siegfried endlich auch
wieder erlegt worden; der Gott ward also Mensch, und als
ein dahingeschiedener Mensch erfüllt er unser Gemüt mit
neuer, gesteigerter Teilnahme, indem er, als ein Opfer seiner
uns beseligenden Tat, namentlich auch das sittliche Motiv
der Rache, d. h. das Verlangen nach Vergeltung seines
Todes an seinem Mörder, somit nach Erneuerung seiner
Tat, erregt. Der uralte Kampf wird daher von uns fort=
gesetzt, und sein wechselvoller Erfolg ist gerade derselbe, wie
der beständig wiederkehrende Wechsel des Tages und der
Nacht, des Sommers und des Winters, — endlich des mensch=
lichen Geschlechtes selbst, welches von Leben zu Tod, von
Sieg zu Niederlage, von Freude zu Leid sich fort und fort
bewegt, und so in steter Verjüngung das ewige Wesen des
Menschen und der Natur an sich und durch sich tatvoll sich
zum Bewußtsein bringt. Der Inbegriff dieser ewigen Be=
wegung, also des Lebens, fand endlich selbst im „Wuotan“
(Zeus), als dem obersten Gotte, dem Vater und Durchdrin=
ger des Alls, seinen Ausdruck; und mußte er seinem Wesen
nach als höchster Gott gelten, als solcher auch die Stellung

eines Vaters zu den übrigen Gottheiten einnehmen, so war
er doch keinesweges wirklich ein geschichtlich älterer Gott,
sondern einem neueren, erhöhteren Bewußtsein der Men=
schen von sich selbst entsprang erst sein Dasein; er ist somit
abstrakter als der alte Naturgott, dieser dagegen körperlicher
und den Menschen gleichsam persönlich angeborener.

Ist hier im allgemeinen der Weg der Entwickelung der
Sage, und endlich der Geschichte, aus dem Urmythus be=
zeichnet worden, so kommt es nun darauf an, denjenigen
wichtigen Punkt in der Gestaltung der fränkischen Stamm=
sage zu erfassen, der diesem Geschlechte seine ganz besondere
Physiognomie gegeben hat, — nämlich: den Hort.

Im religiösen Mythus der Skandinaven ist uns die Be=
nennung: Nifelheim, d. i. Nibel=Nebelheim, zur Bezeich=
nung des (unterirdischen) Aufenthaltes der Nachtgeister,
„Schwarzalben", im Gegensatz zu dem himmlischen Wohn=
orte der „Asen" und „Lichtalben", aufbewahrt worden. Diese
Schwarzalben, „Niflûngar", Kinder der Nacht und des
Todes, durchwühlen die Erde, finden ihre inneren Schätze,
schmelzen und schmieden die Erze: goldener Schmuck und
scharfe Waffen sind ihr Werk. Den Namen der „Nibelun=
gen", ihre Schätze, Waffen und Kleinode, finden wir nun
in der fränkischen Stammsage wieder, und zwar mit dem
Vorzuge, daß die ursprünglich allen deutschen Stämmen
gemeinschaftliche Vorstellung davon in ihr zu sittlicher Be=
deutung geschichtlich sich ausgebildet hat.

Als das Licht die Finsternis besiegte, als Siegfried den
Nibelungendrachen erschlug, gewann er als gute Beute auch
den vom Drachen bewachten Nibelungenhort. Der Besitz
dieses Hortes, dessen er sich nun erfreut und dessen Eigen=
schaften seine Macht bis in das Unermeßliche erheben, da

er durch ihn den Nibelungen gebietet, ist aber auch der Grund seines Todes: denn ihn wiederzugewinnen, strebt der Erbe des Drachen, — dieser erlegt ihn tückisch, wie die Nacht den Tag, und zieht ihn zu sich in das finstere Reich des Todes: Siegfried wird somit selbst Nibelung. Durch den Gewinn des Hortes dem Tode geweiht, strebt aber doch jedes neue Geschlecht, ihn zu erkämpfen: sein innerstes Wesen treibt es wie mit Naturnotwendigkeit dazu an, wie der Tag stets von neuem die Nacht zu besiegen hat, denn in dem Horte beruht zugleich der Inbegriff aller irdischen Macht: er ist die Erde mit all ihrer Herrlichkeit selbst, die wir beim Anbruche des Tages, beim frohen Leuchten der Sonne als unser Eigentum erkennen und genießen, nachdem die Nacht verjagt, die ihre düsteren Drachenflügel über die reichen Schätze der Welt gespenstisch grauenhaft ausgebreitet hielt.

Betrachten wir nun aber den Hort, das besondere Werk der Nibelungen, näher, so erkennen wir in ihm zunächst die metallenen Eingeweide der Erde, dann, was aus ihnen bereitet wird: Waffen, Herrscherreif und die Schätze des Goldes. Die Mittel, Herrschaft zu gewinnen und sich ihrer zu versichern, sowie das Wahrzeichen der Herrschaft selbst, schloß also jener Hort in sich: der Gottheld, der ihn zuerst gewann und so selbst teils durch seine Macht, teils durch seinen Tod zum Nibelungen ward, hinterließ seinem Geschlecht als Erbteil den auf seine Tat begründeten Anspruch auf den Hort: den Gefallenen rächen und den Hort von neuem zu gewinnen oder sich zu erhalten, dieser Drang macht die Seele des ganzen Geschlechtes aus; an ihm läßt es sich zu jeder Zeit in der Sage, wie namentlich auch in

der Geschichte, wiedererkennen, dieses Geschlecht der Nibe-
lungen=Franken.

Sollte nun die Vermutung zu gewagt sein, daß schon in
der Urheimat der deutschen Völker über sie alle einmal jenes
wunderbare Geschlecht geherrscht, oder wenn von ihm alle
übrigen deutschen Stämme ausgegangen, an ihrer Spitze
es bereits über alle übrigen Völker auf jener asiatischen Gebirgsinsel einmal geboten habe, so ist doch der eine spätere
Erfolg unwiderlegbar, daß es in Europa wirklich alle deutschen Stämme beherrscht und, wie wir sehen werden, an
ihrer Spitze die Herrschaft über alle Völker der Welt wirklich angesprochen und angestrebt hat. Dieses tiefinnerlichen
Dranges scheint sich dieses Königsgeschlecht zu jeder Zeit,
wenn auch bald stärker bald schwächer, im Hinblick auf seine
uralte Herkunft bewußt gewesen zu sein, und Karl der Große,
zum wirklichen Besitze der Herrschaft über alle deutschen Völker
gelangt, wußte recht wohl, was und warum er es tat, als er
sorgfältig alle Lieder der Stammsage sammeln und aufschrei-
ben ließ: durch sie wußte er den Volksglauben an die uralte
Berechtigung seines Königsstammes von neuem zu befestigen.

Die römische Kaiserwürde und die römische Stammsage

Der bis dahin jedoch mehr roh und sinnlich befriedigte Herr-
schertrieb der Nibelungen sollte von Karl dem Großen
aus aber endlich auch in den Drang nach idealer Befriedigung hingeleitet werden: der hierzu anregende Moment
ist in der von Karl angenommenen römischen Kaiserwürde zu suchen.

Werfen wir einen prüfenden Blick auf die außerdeutsche
Welt, soweit sie Karl dem Großen offenlag, so bietet sie das=
selbe königslose Aussehen dar, wie die unterworfenen deut=
schen Stämme. Die romanischen Völker, denen Karl ge=
bot, hatten längst durch die Römer ihre Königsgeschlechter
verloren; die an sich geringgeschätzten slavischen Völker,
einer mehr oder minder vollständigen Germanisierung vor=
behalten, gewannen für ihre ebenfalls der Ausrottung ver=
fallenden herrschenden Geschlechter nie eine den Deutschen sie
gleichberechtigende Anerkennung. Rom allein bewahrte in
seiner Geschichte einen Herrscheranspruch, und zwar den An=
spruch auf Weltherrschaft; diese Weltherrschaft war im Na=
men eines Volkes, nicht aus der Berechtigung eines etwa
uralten Königsgeschlechtes, dennoch aber in der Form der
Monarchie, von Kaisern ausgeübt worden. Diese Kaiser,
in letzter Zeit willkürlich bald aus diesem, bald aus jenem
Stamme der wüst durcheinander gewürfelten Nationen er=
nannt, hatten nie ein geschlechtliches Anrecht auf die höchste
Herrscherwürde der Welt zu begründen gehabt. Die tiefe
Verworfenheit, Ohnmacht und der schmachvolle Untergang
dieser römischen Kaiserwirtschaft, schließlich nur noch durch
die deutschen Söldnerscharen aufrecht erhalten, welche lange
vor dem Erlöschen des Römerreiches dieses tatsächlich schon
innehatten, war den fränkischen Eroberern noch sehr wohl
im Gedächtnis geblieben. Bei aller persönlichen Schwäche
und Nichtigkeit der von den Deutschen gekannten Impera=
toren, war den barbarischen Eindringlingen aber doch eine
tiefe Scheu und Ehrfurcht vor jener Würde, unter deren
Berechtigung diese hochgebildete Römerwelt beherrscht wurde,
selbst eingepflanzt und bis in die ferneren Zeiten haften ge=
blieben. Hierin aber mochte sich nicht nur die Achtung vor

der höheren Bildung, sondern auch eine alte Erinnerung an die erste Berührung deutscher Völker mit den Römern kundgeben, welche einst zuerst unter Julius Cäsar ihren rastlosen kriegerischen Wanderungen einen gebietenden und nachhaltigen Damm entgegensetzten.

Bereits hatten deutsche Krieger gallische und keltische Völker fast widerstandslos über die Alpen und den Rhein vor sich hergejagt; die Eroberung des ganzen Galliens stand ihnen als leichter Gewinn bevor, als plötzlich in Julius Cäsar ihnen eine bis dahin fremde, unbezwingbare Gewalt entgegentrat: sie zurückwerfend, besiegend und zum Teil unterjochend, muß dieser hoch überlegene Kriegsheld einen unauslöschlichen Eindruck auf die Deutschen hervorgebracht und unterhalten haben; und gerechtfertigt schien ihre tiefe Scheu vor ihm, als sie später erfuhren, die ganze römische Welt habe sich ihm unterworfen, sein Name „Kaisar“ sei zur Bezeichnung der höchsten irdischen Machtwürde geheiligt, er selbst aber unter die Götter, denen sein Geschlecht entsprossen, versetzt worden.

Diese göttliche Abkunft fand ihre Begründung in einer uralten römischen Stammsage, nach welcher die Römer von einem Urgeschlechte entsprossen waren, welches einst aus Asien herkommend am Tiber und Arno sich niedergelassen. Der ernste und strengbindende Kern des religiösen Heiligtumes, welches den Nachkommen dieses Geschlechtes überliefert ward, machte durch lange Zeiten unstreitig das wichtigste Erbteil des römischen Volkes aus: in ihm lag die Kraft, welche dieses lebhafte Volk band und einigte; die „Sacra“ in den Händen der alten, sich urverwandten patrizischen Familien zwangen die zusammengelaufenen Massen der Plebejer zum Gehorsam. Tiefe Scheu und Ehrfurcht vor den religiösen Heiligtümern, welche in ihrem Inhalte eine entbehrungsvolle Tätigkeit (wie der vielgeprüfte Urvater sie geübt hatte) geboten, machen die ältesten, unbegreiflich wirksamen Gesetze aus, nach denen das gewaltige Volk beherrscht wurde, und der »pontifex maximus« — dieser sich stets gleiche Nachkomme Numas, des geistigen Gründers des römischen Staates — war der eigentliche (geistliche) König der Römer. Wirkliche Könige, d. h. erbliche Inhaber der höchsten weltlichen Herrschergewalt, kennt die römische Geschichte nicht: die verjagten Tarquinier waren etruskische Eroberer; in ihrer Vertreibung haben wir weniger den politischen Akt einer Aufhebung der königlichen Gewalt, als vielmehr den nationalen der Abschüttelung eines fremden Joches durch die alten Stammgeschlechter zu erkennen.

Wie nun das von diesen uralten, mit höchster geistlicher Gewalt begabten Geschlechtern hart gebundene Volk endlich nicht mehr zu bändigen war, wie es sich durch steten Kampf und Entbehrung so unwiderstehlich gekräftigt hatte, daß es, um einer zerstörenden Entladung seiner Kraft gegen den innersten Kern des römischen Staatswesens auszuweichen, nach außen auf die Eroberung der Welt losgelassen werden mußte, schwand während und noch mehr infolge dieser Eroberung allmählich auch das letzte Band der alten Sitte und Religion, indem diese durch materiellste Verweltlichung zu ihrem vollkommenen Gegensatze ausartete: die Beherrschung der Welt, die Knechtung der Völker, nicht mehr die Beherrschung des inneren Menschen, die Bezwingung der egoistisch tierischen Leidenschaft im Menschen, war fortan die Religion Roms. Das Pontifikat, bestand es noch als äußerliches Wahrzeichen des alten Roms, ging, bedeutungsvoll genug, als wichtigstes Attribut in die Macht des weltlichen

Imperators über, und der erste, der beide Gewalten vereinigte, war eben jener Julius Cäsar, dessen Geschlecht als das
urälteste, aus Asien herübergekommene, bezeichnet wurde.
Troja (Ilion), so überlieferte nun die zu geschichtlichem
Bewußtsein herangereifte alte Stammsage, sei jene heilige
Stadt Asiens gewesen, aus welcher das julische (ilische)
Geschlecht herstamme: Aneas, der Sohn einer Göttin, habe
während der Zerstörung seiner Vaterstadt durch die vereinigten hellenischen Stämme das in dieser Urvölkerstadt auf-
bewahrte höchste Heiligtum (das Paladium) nach Italien gebracht: von ihm stammen die römischen Urgeschlechter, und
vor allen am unmittelbarsten das der Julier; von ihm rühre,
durch den Besitz jenes Urvölkerheiligtumes, der Kern des
Römertumes, ihre Religion, her.

Trojanische Abkunft der Franken

Wie tief bedeutungsvoll muß uns nun die historisch bezeugte Tatsache erscheinen, daß die Franken, kurz nach
der Gründung ihrer Herrschaft im römischen Gallien, sich für
ebenfalls aus Troja Entsprossene ausgaben. Mitleids-
voll lächelt der Chronikenhistoriker über solch abgeschmackte
Erfindung, an der auch nicht ein wahres Haar sei. Wem es
aber darum zu tun ist, die Taten der Menschen und Geschlechter aus ihren innersten Trieben und Anschauungen
herauszuerkennen und zu rechtfertigen, dem gilt es über alles
wichtig, zu beachten, was sie von sich glaubten oder glauben machen wollten. Kein Zug kann nun von augenfälli-
gerer geschichtlicher Bedeutung sein, als diese naive Außer-
rung der Franken von dem Glauben an ihre Urberechtigung

zur Herrschaft beim Eintritt in die römische Welt, deren Bil=
dung und Vorgang ihnen Ehrfurcht einflößte, und welcher
dennoch zu gebieten sie stolz genug nach einem Berechtigungs=
grunde griffen, den sie auf die Begriffe des klassischen Rö=
mertums unmittelbar selbst begründeten. Auch sie stammten
also aus Troja, und zwar war es ihr Königsgeschlecht selbst,
welches einst in Troja herrschte; denn einer ihrer alten
Stammkönige, Pharamund, war kein anderer als Pria=
mus, das Haupt der trojanischen Königsfamilie selbst, wel=
cher nach der Zerstörung der Stadt mit einem Reste seines
Volkes in ferne Gegenden auswanderte. Beachtenswert
für uns ist es zunächst, daß wir durch Benennung von
Städten oder Umdeutung ihrer Namen, durch zu Eigen=
namen gefügte Zunamen, sowie auch durch bis in das späte
Mittelalter hinaufreichende dichterische Bearbeitungen des
Trojanerkrieges und der damit zusammenhängenden Vor=
fälle, über die große Verbreitung und von dem nachhaltigen
Eindrucke jener neuen Sage berichtet werden. Ob die Sage
in jeder Beziehung aber wirklich so neu war, als es den An=
schein hat, und ob ihr nicht ein Kern innewohne, der in Wahr=
heit viel älter als seine neue Verkleidung in das römisch=
griechische Trojanergewand sei, — dies näher zu untersuchen,
wird gewiß der Mühe lohnen.

Die Sage von einer uralten Stadt oder Burg, welche
einst die ältesten Geschlechter der Menschen bauten und mit
hohen (Zyklopen=)Mauern umgaben, um in ihnen ihr Ur=
heiligtum zu wahren, finden wir fast bei allen Völkern der
Welt vor, und namentlich auch bei denen, von welchen wir
vorauszusetzen haben, daß sie sich von jenem UrgebirgeAsiens
aus nach Westen verbreiteten. War das Urbild dieser sagen=
haften Städte in der ersten Heimat der bezeichneten Völker

nicht wirklich einst vorhanden gewesen? Gewiß hat es eine
älteste, eine erste ummauerte Stadt gegeben, welche das äl=
teste, ehrwürdigste Geschlecht, den Urquell alles Patriarchen=
tumes, d. i. Vereinigung des Königtumes und Priestertumes,
in sich schloß. Je weiter die Stämme von ihrer Urheimat
nach Westen hin sich entfernten, desto heiliger ward die Er=
innerung an jene Urstadt; sie ward in ihrem Gedenken zur
Götterstadt, dem Asgard der Skandinaven, dem Asciburg
der verwandten Deutschen. Auf ihrem Olympos finden
wir bei den Hellenen der Götter Stätte wieder, dem Kapi=
tolium der Römer mag sie ursprünglich nicht minder vorge=
schwebt haben.

Gewiß ist, daß da, wo die zu Völkern angewachsenen
Stämme sich dauernd niederließen, jene Urstadt in Wahr=
heit nachgebildet wurde: auf sie, den neuen Stammsitz des
herrschenden ältesten Königs= und Priestergeschlechtes, ward
die Heiligkeit der Urstadt allmählich übergetragen, und je
weiter sich auch von ihr aus die Geschlechter wieder verbrei=
teten und anbauten, desto erklärlicher wuchs der Ruf der
Heiligkeit auch der neuen Stammstadt. Sehr natürlich ent=
stand dann aber, bei weiterer freier Entwickelung der neuen
Zweig= und Abkömmlingsgemeinden, im wachsenden Be=
wußtsein der Selbständigkeit auch das Verlangen nach Unab=
hängigkeit, und zwar ganz in demselben Maße, als das von
der neuen Stammstadt aus gebietende alte Herrscherge=
schlecht namentlich seine königliche Gewalt über die neuen
Pflanzgemeinden oder Städte fortdauernd, und weil mit
gesteigerter Schwierigkeit, so auch mit verletzenderer Will=
kür, geltend zu machen strebte. Die ersten Unabhängigkeits=
kriege der Völker waren daher sicher die der Kolonien gegen
die Mutterstädte, und so hartnäckig muß sich in ihnen die

34

Feindschaft gesteigert haben, daß nichts Minderes als die Zerstörung der alten Stammstadt und die Ausrottung oder gänzliche Vertreibung des herrschberechtigten Urgeschlechtes den Haß der Epigonen zu stillen oder ihre Besorgnis vor Unterdrückung zu zerstreuen vermochte. Alle größeren Geschichtsvölker, die nacheinander vom indischen Kaukasus bis an das Mittelländische Meer auftreten, kennen eine solche heilige, der uralten Götterstadt auf Erden nachgebildete Stadt, sowie deren Zerstörung durch die neuen Nachkömmlinge: sehr wahrscheinlich haftete sogar in ihnen die Erinnerung an einen urältesten Krieg der ältesten Geschlechter gegen das urälteste Herrschergeschlecht in jener Götterstadt der frühesten Heimat, und an die Zerstörung dieser Stadt: es mag dies der erste allgemeine Streit um den Hort der Nibelungen gewesen sein.

Nichts wissen wir von — jener Urstadt nachgebildeten — großen Mutterstädten unserer deutschen Stämme, die diese etwa auf ihrer langen nordwestlichen Wanderung, in der sie endlich durch das deutsche Meer und die Waffen Julius Cäsars aufgehalten wurden, gegründet hätten: die Erinnerung an die älteste heimatliche Götterstadt selbst war ihnen aber verblieben, und durch materielle Reproduktion nicht in sinnlicher Erinnerung erhalten, hatte sie in der abstrakteren Vorstellung eines Götteraufenthaltes, Asgard, fortgedauert; erst in der neuen festeren Heimat, dem heutigen Deutschland, treffen wir auf die Spur von Asenburgen.

Anders hatten sich die südwestlich vorwärts drängenden Völker entwickelt, unter denen bei den hellenischen Stämmen als letzte deutliche Erinnerung endlich der vereinigte Unabhängigkeitskampf gegen die Priamiden und die Zerstörung Trojas, als der bezeichnetste Ausgangspunkt eines neuen geschichtlichen Lebens, alles übrige Andenken fast völlig verlöscht hatte. Wie nun die Römer zu ihrer Zeit, bei genauerem Bekanntwerden mit der historischen Stammsage der Hellenen, die ihnen verbliebenen dunkeln Erinnerungen von der Herkunft ihres Urvaters aus Asien an jenen deutlich ausgeprägten Mythus des gebildeteren Volkes anzuknüpfen sich für vollkommen berechtigt hielten (um so gleichsam auch die Unterwerfung der Griechen als Vergeltung für die Zerstörung Trojas ausgeben zu dürfen), ebenso ergriffen ihn mit vielleicht nicht minderer Berechtigung auch die Franken, als sie die Sage und die auf sie begründeten Ableitungen kennen lernten. Waren die deutschen Erinnerungen undeutlicher, so waren sie aber auch noch älter, denn sie hafteten unmittelbar an der urältesten Heimat, der Burg (Etzel d. i. Asci-burg), in welcher der von ihrem Stammgotte gewonnene und auf sie und ihre streitliche Tätigkeit vererbte Nibelungenhort verwahrt wurde, und von wo aus sie also einst alle verwandten Geschlechter und Völker bereits einmal beherrscht hatten. Die griechische Troja ward für sie diese Urstadt, und der aus ihr verdrängte urberechtigte König pflanzte in ihnen seine alten Königsrechte fort.

Und sollte sein Geschlecht bei dem endlichen Bekanntwerden mit der Geschichte der südwestlich gewanderten Stämme nicht seiner wunderbaren Erhaltung als eines Wahrzeichens uralter göttlicher Bevorzugung innewerden? Alle Völker, die den Geschlechtern entsprossen waren, welche einst in der Urheimat den vatermörderischen Kampf gegen das älteste Königsgeschlecht erhoben, — die, damals siegreich, dies Geschlecht zur Wanderung nach dem rauheren, unfreundlicheren Norden gezwungen hatten, während sie den üppigen Süden zur bequemen Ausbreitung sich erschlossen hielten, — all diese Völker trafen die Franken nun königslos.

Längst erloschen und ausgerottet waren die älteren Geschlech=
ter, in denen auch diese Stämme einst ihre Könige erkannt
hatten; ein letzter griechischer Stammkönig, der mazedonische
Alexander — der Abkömmling des Achill, dieses Haupt=
kämpfers gegen Troja — hatte das ganze südlichere Morgen=
land bis zur Urheimat der Völker in Mittelasien hin, wie in
letzter vernichtender Fortsetzung jenes vatermörderischen Ur=
krieges, gleichsam entkönigt: in ihm erlosch auch sein Ge=
schlecht, und von da ab herrschten nur unberechtigte, kriegs=
künstlerische Räuber der königlichen Gewalt, die allesamt
endlich unter der Wucht des julischen Roms erlagen.

Auch die römischen Imperatoren waren nach dem Aus=
sterben des julischen Geschlechtes willkürlich erwählte, ge=
schlechtlich jedenfalls unberechtigte Gewalthaber: ihr Reich
war, ehe noch sie selbst es innewerden mochten, längst schon
ein „römisches" Reich nicht mehr; denn war es von jeher
nur durch Gewalt zusammengebunden, und behauptete sich
diese Gewalt meist nur durch die Kriegsheere, so waren,
bei der vollkommenen Entartung und Verweichlichung der
romanischen Völker, diese Heere fast nur noch durch gemie=
tete Truppen deutschen Stammes gebildet. Der aller realen
weltlichen Macht allmählich entsagende römische Geist kehrte
nach langer Selbstentfremdung somit notwendig wieder zu
sich, zu seinem Urwesen zurück und produzierte so, durch Auf=
nahme des Christentumes, in neuer Entwickelung aus sich das
Werk der römisch=katholischen Kirche: der Imperator ward
ganz wieder Pontifex, Cäsar wieder Numa, in neuer beson=
derer Eigentümlichkeit. Zu dem Pontifex maximus, dem
Papste, trat nun der sich kräftig bewußte Vertreter weltlichen
Urkönigtumes, Karl der Große: die nach Zerstörung jener
Urheimatsstadt gewaltsam zersprengten Träger des ältesten

Königtumes und des ältesten Priestertumes (der trojanischen
Sage gemäß: der königliche Priamos und der fromme
Aneas) fanden sich nach langer Trennung wieder und be=
rührten sich wie Leib und Geist des Menschentumes.

Freudig war ihre Begegnung: nichts sollte die Wieder=
vereinigten je trennen können; einer sollte dem andern Treue
und Schutz gewähren: der Pontifex krönte den Cäsar und
predigte den Völkern Gehorsam gegen den echten König;
der Kaiser setzte den Gottespriester in sein oberstes Hirten=
amt ein, zu dessen Ausübung er ihn mit starkem weltlichem
Arme gegen jeden Frevler zu schützen übernahm.

War nun der König tatsächlich Herr des weströmischen
Reiches, und mochte der Gedanke der urköniglichen Berech=
tigung seines Geschlechtes ihm den Anspruch auf vollendete
Weltherrschaft erwecken, so erhielt er im Kaisertume, nament=
lich durch den ihm übertragenen Schutz der über alle Welt
zu verbreitenden christlichen Kirche, eine noch verstärkte Be=
rechtigung zu diesem Anspruche. Für alle weitere Entwicke=
lung dieses großartigen Weltverhältnisses ist es aber sehr
wichtig, zu beachten, daß diese geistliche Berechtigung keinen
an sich gänzlich neuen Anspruch im fränkischen Königsge=
schlechte hervorrief, sondern einen in unklarerem Bewußtsein
verhüllten, im Keime der fränkischen Stammsage aber ur=
begründeten nur zur deutlicheren Ausbildung erweckte.

Realer und idealer Inhalt des Nibelungenhortes

In Karl dem Großen gelangt der oft angezogene uralte My=
thus zu seiner realsten Betätigung in einem harmonisch
sich einigenden, großartigen Weltgeschichtsverhältnisse. Von

da ab sollte nun ganz in dem Maße, als seine reale Verkör=
perung sich zersetzte und verflüchtigte, das Wachstum seines
wesenhaften idealen Gehaltes sich bis dahin steigern, wo,
nach aller Entäußerung des Realen, die reine Idee, deutlich
ausgesprochen, in die Geschichte tritt, sich endlich aus ihr
zurückzieht, um, auch dem äußeren Gewande nach, völlig
wieder in die Sage aufzugehen.

Während in dem Jahrhunderte nach Karl dem Großen
unter seinen immer unfähiger werdenden Nachkommen der
tatsächliche Königsbesitz und die Herrschaft über die unterwor=
fenen Völker sich immer mehr zerstückelte und an wirklicher
Macht verlor, entsprangen alle Greueltaten der Karlingen
einem ihnen allen urgemeinschaftlichen, inneren Antriebe,
dem Verlangen nach dem alleinigen Besitze des Nibelungen=
hortes, d. h. der Gesamtherrschaft. Von Karl dem Großen
ab schien diese aber ihre erhöhte Berechtigung im Kaisertume
erhalten zu müssen, und wer die Kaiserkrone gewann, dünkte
sich der wahre Inhaber des Hortes zu sein, war dessen welt=
licher Reichtum (an Landbesitz) auch noch so geschmälert.
Das Kaisertum, und der mit ihm einzig zusammenhängende
höchste Anspruch, ward somit von selbst zu einer immer idea=
leren Bedeutung hingeführt, und während der Zeit des gänz=
lichen Unterliegens des fränkischen Herrscherstammes, als
der Sachse Otto in neuer Anknüpfung mit Rom das reale
Kaisertum Karls des Großen wiederherzustellen schien,
dünkt uns die ideale Ansicht davon jenem Stamme zu all=
mählich immer deutlicher aufkeimendem Bewußtsein gekom=
men zu sein. Die Franken und ihr den Karlingen bluts=
verwandtes Herzogsgeschlecht mögen (im Sinne der Sage
verstanden) ungefähr so gedacht haben: „Ist uns auch der
wirkliche Besitz der Länder entrissen und sind wir wieder

auf uns selbst beschränkt, erlangen wir nur erst wieder die Kaiserwürde, nach der wir rastlos streben, so gewinnen wir auch wieder den uns gebührenden uralten Anspruch auf die Herrschaft der Welt, den wir dann wohl besser zu verfolgen wissen werden, als die unrechtmäßigen Aneigner des Hortes, die ihn nicht einmal zu nützen verstehen."

Wirklich trat, als der fränkische Stamm wieder zum Kaisertum gelangte, die an dieser Würde haftende Weltfrage in ein immer wichtigeres Stadium ihrer Bedeutung, und zwar durch ihre Beziehung zur Kirche.

In dem Maße, als die weltliche Macht an realem Besitze verloren und einer idealeren Ausbildung sich genähert hatte, war die ursprünglich rein ideale Kirche zu weltlichem Besitze gelangt. Jede Partei schien zu begreifen, daß das anfangs außer ihr Liegende zur vollständigen Begründung ihres Daseins in sie hineingezogen werden müßte, und so mußte von beiden Seiten der ursprüngliche Gegensatz sich bis zu einem Kampfe um die ausschließliche Weltherrschaft steigern. Durch das in diesem immer hartnäckiger geführten Kampfe sich ganz deutlich herausstellende Bewußtsein beider Parteien von dem Preise, um dessen Gewinn oder Erhaltung es sich handelte, wurde endlich der Kaiser zu der Notwendigkeit gedrängt, wenn er mit seinen realen Ansprüchen bestehen wollte, auch die geistliche Weltherrschaft sich anzueignen; — der Papst hingegen mußte diese realen Ansprüche vernichten oder sie vielmehr sich ebenfalls zueignen, wenn er das wirklich lenkende und gebietende Oberhaupt der Weltkirche bleiben oder werden wollte.

Die hieraus entspringenden Ansprüche des Papstes begründeten sich insoweit auf die christliche Vernunft, als er dem Geiste die Macht über den Leib, folglich dem Vertreter Gottes auf Erden die Oberherrschaft über dessen Geschöpfe zusprechen zu müssen glaubte. Der Kaiser sah hiergegen ein, daß es ihm um alles darauf ankommen müsse, seine Macht und seine Ansprüche als von einer Rechtfertigung und Heiligung, endlich gar Verleihung durch den Papst durchaus unabhängig zu begründen, und hierzu fand er in dem alten Glauben seines Stammgeschlechtes von seiner Herkunft eine ihm vollgültig dünkende Unterstützung.

Die Stammsage der Nibelungen leitete in ursprünglichster Deutung auf die Erinnerung an einen göttlichen Urvater des Geschlechtes nicht nur der Franken, sondern vielleicht aller aus der asiatischen Urheimat hervorgegangenen Völker hin. In diesem Urvater war sehr natürlich, wie wir dies als für jede Patriarchalverfassung gültig ansehen, die königliche und priesterliche Gewalt ungetrennt, als eine und dieselbe Machtausübung, vereinigt gewesen. Die später eingetretene Trennung der Gewalten mußte jedenfalls als die Folge einer üblen Entzweiung des Geschlechtes gelten, oder war die priesterliche Gewalt an alle Väter der Gemeinde verteilt worden, so mußte sie höchstens nur diesen, nicht aber einem dem Könige entgegenstehenden obersten Priester zuerkannt werden; denn der Vollzug der priesterlichen Aussprüche, soweit er, für alle geltend, einer einzigen Person zuzuweisen war, durfte immer nur dem Könige, als dem Vater des Gesamtgeschlechtes, obliegen. Daß bei der Bekehrung zum Christentume jene uralten Vorstellungen durchaus nicht gänzlich aufgeopfert zu werden brauchten, bestätigt sich nicht nur tatsächlich, sondern ist auch aus dem wesentlichem Inhalte der alten Überlieferungen selbst ohne Mühe zu erklären. Der abstrakte höchste Gott der Deutschen, Wuotan, brauchte dem Gotte der Christen nicht eigentlich Platz zu machen; er konnte vielmehr gänzlich mit ihm identifiziert werden: ihm war nur der sinnliche Schmuck, mit dem ihn die verschiedenen Stämme je nach ihrer Besonderheit, Örtlichkeit und Klima umkleidet hatten, abzustreifen; die ihm zugeteilten universellen Eigenschaften entsprachen übrigens den dem Christengotte beigelegten vollkommen. Die elementaren oder lokalen Naturgötter hat das Christentum aber bis auf den heutigen Tag unter uns nicht auszurotten vermocht: jüngste Volkssagen und üppig bestehender Volksaberglaube bezeugen uns dies im neunzehnten Jahrhunderte.

Jener eine heimische Stammgott, von dem die einzelnen Geschlechter ihr irdisches Dasein unmittelbar ableiteten, ist aber gewiß am allerwenigsten aufgegeben worden: denn an ihm fand sich mit Christus, Gottes Sohne, selbst die entscheidende Ähnlichkeit vor, daß auch er gestorben war, beklagt und gerächt wurde — wie wir noch heute an den Juden Christus rächen. Alle Treue und Anhänglichkeit ging um so leichter auf Christus über, als man in ihm den Stammgott wiedererkannte, und war Christus, als Gottes Sohn, der Vater (mindestens der geistige) aller Menschen, so stimmte dies nur um so erhebender und anspruchsrechtfertigender zu dem göttlichen Stammvater der Franken, die sich ja als das älteste Geschlecht dachten, von dem alle übrigen Völker ausgegangen. Gerade das Christentum vermochte also die Franken, bei ihrem unvollkommenen, sinnlichen Verständnisse desselben, in ihrem Nationalglauben, namentlich der römischen Kirche gegenüber, viel eher zu bestärken als schwankend zu machen, und im Gegensatze zu dieser genialen Hartnäckigkeit des wibelingischen Aberglaubens sehen wir die Kirche in fast grauenerfülltem Abscheu

diesen letzten, aber kernigsten Rest unmittelbaren Heiden=
tumes in dem tief verhaßten Geschlechte wie mit Natur=
instinkt bekämpfen.

Das „gibelinische" Kaisertum und Friedrich I.

Es ist nun sehr beachtenswert, wie der Drang nach ideeller
Rechtfertigung ihrer Ansprüche in den (mit dem geschicht=
lichen Volksmunde nun so zu nennenden) Wibelingen oder
Wibelungen in dem Maße deutlicher hervortritt, als ihr
Blut sich von der unmittelbaren Verwandtschaft mit dem
uralten Herrschergeschlechte entfernte. War in Karl dem
Großen der Trieb des Blutes noch urkräftig und entschei=
dend gewesen, so erkennen wir im Hohenstaufen Fried=
rich I. fast nur noch den Drang des idealen Triebes: er
wurde endlich ganz zur Seele des kaiserlichen Individuums,
das in seinem Blute und realen Besitze immer weniger Be=
rechtigung finden mochte und sie daher in der Idee suchen
mußte.

Unter den beiden letzten Kaisern aus dem fränkischen Her=
zogsgeschlechte der Salier hatte der große Kampf mit der
Kirche in heftig hervortretender Leidenschaftlichkeit begonnen.
Heinrich V., zuvor von der Kirche gegen seinen unglücklichen
Vater unterstützt, fühlte, kaum zur Kaiserwürde gelangt,
alsbald in sich den verhängnisvollen Trieb, den Kampf sei=
nes Vaters gegen die Kirche zu erneuern und, gleichsam
zur notgedrungenen Abwehr ihrer Ansprüche, seine eigenen
Ansprüche bis über sie hinaus zu erstrecken: nämlich er mußte
begreifen, der Kaiser sei unmöglich, wenn ihm nicht die Welt=
herrschaft mit Einschluß der Herrschaft über die Kirche zu=

gesprochen würde. Charakteristisch ist es dagegen, daß der nichtwibelingische Zwischenkaiser Lothar zu der Kirche in eine unterwürfig friedvolle Stellung trat: er begriff es nicht, worauf es bei der Kaiserwürde ankam; seine Ansprüche erhoben sich nicht bis zur Weltherrschaft, — diese waren das Erbteil der Wibelungen, der urberechtigten Streiter um den Hort. Klar und deutlich, wie keiner zuvor, ergriff dagegen der große Friedrich I. den Erbgedanken im erhabensten Sinne. Alles innere und äußere Zerwürfnis der Welt galt ihm als die notwendige Folge der Unvollständigkeit und Schwäche, mit der die kaiserliche Gewalt bisher ausgeübt worden: die reale Macht, die dem Kaiser bereits arg verkümmert war, mußte durch die ideale Würde desselben vollständig ersetzt werden, und dies konnte nur geschehen, wenn ihre äußersten Ansprüche zur Geltung gebracht würden. Der ideale Riß des großen Baues, wie er vor Friedrichs energischer Seele stand, zeichnete sich (nach der uns jetzt erlaubten freieren Ausdrucksweise) ungefähr folgendermaßen.

„Im deutschen Volke hat sich das älteste urberechtigte Königsgeschlecht der Welt erhalten: es stammt von einem Sohne Gottes her, der seinem nächsten Geschlechte selbst Siegfried, den übrigen Völkern der Erde aber Christus heißt; dieser hat für das Heil und Glück seines Geschlechtes und der aus ihm entsprossenen Völker der Erde die herrlichste Tat vollbracht, und um dieser Tat willen auch den Tod erlitten. Die nächsten Erben seiner Tat und der durch sie gewonnenen Macht sind die „Nibelungen", denen im Namen und zum Glücke aller Völker die Welt gehört. Die Deutschen sind das älteste Volk, ihr blutsverwandter König ist ein „Nibelung", und an ihrer Spitze hat dieser die Welt-

44

herrschaft zu behaupten. Es gibt daher kein Anrecht auf irgendwelchen Besitz oder Genuß dieser Welt, das nicht von diesem Könige herrühren, durch seine Verleihung oder Bestätigung erst geheiligt werden müßte: aller Besitz oder Genuß, den der Kaiser nicht verleiht oder bestätigt, ist an sich rechtlos und gilt als Raub, denn der Kaiser verleiht und bestätigt in Berücksichtigung des Glückes, Besitzes oder Genusses aller, wogegen der eigenmächtige Erwerb des einzelnen ein Raub an allen ist. — Im deutschen Volke ordnet der Kaiser die Verleihungen oder Bestätigungen selbst an, für alle anderen Völker sind die Könige und Fürsten die Stellvertreter des Kaisers, von welchem ursprünglich alle irdische Machtvollkommenheit ausgeht, wie von der Sonne die Planeten und deren Monde ihr Licht erhalten. — So auch trägt der Kaiser die oberpriesterliche Gewalt, die ihm ursprünglich nicht minder als die weltliche Macht gebührt, auf den Papst zu Rom über: dieser hat in seinem Namen die Gottesschau auszuüben und den Gottesausspruch ihm zu verkündigen, damit er im Namen Gottes den himmlischen Willen auf der Erde ausführe. Der Papst ist somit der wichtigste Beamte des Kaisers, und je wichtiger sein Amt, desto strenger gebührt es dem Kaiser, darüber zu wachen, daß es vom Papste im Sinne des Kaisers, d. h. zum Heil und zum Frieden aller Völker der Erde, ausgeübt werde." —

Durchaus nicht geringer darf man die Ansicht Friedrichs von seiner höchsten Würde, von seinem göttlichen Rechte anschlagen, wenn die in seinen Handlungen klar zutage tretenden Beweggründe richtig beurteilt werden sollen.

Zunächst sehen wir ihn den Boden seiner realen Macht in der Weise befestigen, daß er die störenden Territorialstreitigkeiten in Deutschland im Sinne der Versöhnung mit den ihm selbst blutsverwandt gewordenen Welfen beruhigte und die Fürsten der angrenzenden Völker, namentlich der Dänen, Polen und Ungarn, ihre Länder als Lehen von ihm zu empfangen nötigte. So gestärkt zog er nach Italien und entwickelte im ronkalischen Reichstage als Richter über die Lombarden vor aller Welt zum ersten Male grundsätz=liche Ansprüche für die kaiserliche Gewalt, in denen wir, un=beschadet des Einflusses römisch imperatorischer Herrschafts=prinzipien, die geradesten Folgerungen aus der oben bezeich=neten Ansicht von seiner Würde zu erkennen haben: darnach erstreckte sich sein kaiserliches Recht bis auf die Verleihung des Wassers und der Luft.

Nicht minder traten, nach anfänglicher Zurückhaltung, endlich auch seine kühnsten Ansprüche gegen und über die Kirche hervor. Eine zwiespältige Papstwahl gab ihm den Anlaß, sein höchstes Recht in dem Sinne auszuüben, daß er, mit strenger Beobachtung ihm würdig dünkender priester=licher Formen, die Papstwahl untersuchen, den unentschul=digt nicht erscheinenden Doppelpapst absetzen ließ und den gerechtfertigten Gegner desselben in sein Amt einführte.

Jeder Zug Friedrichs, jede Unternehmung, jede von ihm ausgehende Entscheidung zeugt fortan auf das unwider=sprechlichste von der energischen Konsequenz, mit der er sein erkanntes hohes Ideal rastlos zu verwirklichen strebte. Die nie wankende Festigkeit, mit der er dem nicht minder aus=dauernden Papste Alexander III. sich entgegenstellte, die fast übermenschliche Strenge des seiner Natur nach keineswegs grausam gearteten Kaisers, mit der er das gleich energische Mailand zum Untergange verurteilte, sind verkörperte Mo=mente der ihn leitenden gewaltigen Idee.

Dem himmelstürmenden Weltkönige standen aber zwei mächtige Feinde gegenüber; der eine im Ausgangspunkte seiner realen Macht: im deutschen Länderbesitze, — der zweite am Endpunkte seines idealen Strebens: die namentlich im romanischen Volksbewußtsein fußende, katholische Kirche. Beide Feinde verbanden sich mit einem dritten, dem der Kaiser sein Bewußtsein von sich gewissermaßen erst geschaffen hatte: das Freiheitsgefühl der lombardischen Gemeinden.

Begründete sich der älteste Widerstand der deutschen Stämme auf den Drang nach Befreiung von den fränkischen Herrschern, so war dieser Trieb allmählich von den zertrümmerten Stammgenossenschaften in die Herren übergegangen, welche sich diese Trümmer zu eigen gemacht hatten: nahm nun das Streben dieser Fürsten auch die üble Eigenschaft selbstsüchtigen Herrschaftsgelüstes an, so mochte das Verlangen nach unabhängiger Befriedigung desselben ihnen allerdings auch als Ringen nach Freiheit gelten, wenngleich es uns als unedlere Art erscheinen muß. Der Freiheitstrieb der Kirche war ungleich idealer, universeller: er konnte in christlicher Auffassung als das Ringen des Geistes nach Befreiung aus den Banden der sinnlich rohen Welt gelten, und unzweifelhaft galt er den bedeutendsten Oberhäuptern der Kirche als solches; zu tief hatte sie sich aber bereits in materielle Beteiligung an weltlichem Machtgenusse notgedrungenerweise einlassen müssen, und namentlich konnte ihr endlicher Sieg daher doch nur mit der Verderbnis ihrer eigenen, innersten Seele erfochten werden.

Am reinsten erscheint uns dagegen der Geist der Freiheit in den lombardischen Stadtgemeinden, und zwar gerade (leider fast einzig!) in ihren entscheidenden Kämpfen gegen Friedrich. Diese Kämpfe sind insofern das merkwürdigste

Ergebnis der vorliegenden wichtigen Geschichtsperiode, als
in ihnen zum ersten Male in der Weltgeschichte der in der
bürgschaftlichen Gemeinde sich verkörpernde Geist urmensch=
licher Freiheit zu einem Kampfe auf Leben und Tod gegen
eine herkömmlich bestehende, alles umfassende Herrscherge=
walt sich anläßt. Der Kampf Athens gegen die Perser war
die patriotische Abwehr eines ungeheuren monarchischen
Raubzuges: alle dieser ähnliche ruhmwürdige Taten einzel=
ner Stadtgemeinden, wie sie bis zur Lombardenzeit vorge=
kommen waren, trugen denselben Charakter der Verteidi=
gung alter geschlechtlich=nationaler Unabhängigkeit gegen
fremde Eroberer. Diese altherkömmliche Freiheit, die an der
Wurzel einer bis dahin ungetrübten Nationalität haftet,
war aber bei den lombardischen Gemeinden keinesweges vor=
handen: die Geschichte hat die aus allen Nationen zusam=
mengesetzte, alles alten Herkommens entäußerte Bevölkerung
dieser Städte als Beute jedes Eroberers schmachvoll erlie=
gen sehen; in vollster Ohnmacht ein Jahrtausend hindurch,
lebte in diesen Städten keine Nation, d. h. kein seines älte=
sten Ursprunges sich irgendwie bewußtes Geschlecht mehr:
in ihnen wohnten nur Menschen, die das Bedürfnis des
Lebens und die Versicherung ungestörter Tätigkeit durch
gegenseitigen Schutz zu allmählich immer deutlicherer Ent=
wickelung des Prinzipes der Gesellschaft und seiner Ver=
wirklichung durch die Gemeinde hinführte.

Dieses neue Prinzip, aller geschlechtlichen Überlieferung
und Historie bar, rein aus sich und für sich selber bestehend,
verdankt in der Geschichte seinen Ursprung der Bevölkerung
der lombardischen Städte, die an ihm, so unvollständig sie es
auch zu verstehen und zu einem wirklich dauernd beglückenden
Zustande durchzuführen vermochte, sich aus tiefster Schwäche

zur Betätigung höchster Kraft entwickelte; — und soll sein
Eintritt in die Geschichte als der Funke gelten, der aus dem
Steine springt, so ist Friedrich der Stahl, der ihn aus dem
Steine schlug.

Friedrich, der Vertreter des letzten geschlechtlichen Ur=
völkerkönigtumes, entschlug im mächtigsten Walten seiner
unablenkbaren Naturbestimmung dem Steine der Mensch=
heit den Funken, vor dessen Glanze er erbleichen sollte. Der
Papst schleuderte seinen Bann, der Welfe Heinrich ver=
ließ seinen König in der höchsten Not — das Schwert der
lombardischen Gemeindebrüder aber schlug den kai=
serlichen Kriegshelden mit der furchtbaren Niederlage bei
Lignano.

Aufgehen des idealen Inhaltes des Hortes in den „heiligen Gral"

Der Weltbeherrscher erkannte, woher ihm die tiefste Wunde
geschlagen worden war und wer es sei, der seinem Welt=
plane das entscheidende Halt zurief. Es war der Geist
des freien, vom persönlich=geschlechtlichen Natur=
boden abgelösten Menschentumes, der ihm in diesem
Lombardenbunde entgegengetreten war. Schnell beseitigte
er die beiden älteren Feinde: dem Oberpriester reichte er die
Hand, — vernichtend stürzte er sich auf den selbstsüchtigen
Welfen, und so von neuem auf der Spitze der Kraft und
unbestrittenen Macht angelangt, — sprach er die Lombarden
frei und schloß mit ihnen einen dauernden Frieden.

In Mainz versammelte er sein ganzes Reich um sich; alle
seine Lehensträger vom ersten bis zum letzten wollte er be=

grüßen: alle Geistlichen und Laien umstanden ihn, und es
schickten ihm von allen Ländern die Könige ihre Gesandten
mit reichen Geschenken zur Huldigung seiner kaiserlichen
Macht. Palästina aber sandte ihm den Hülferuf zur Ret=
tung des Heiligen Grabes zu. — Nach Morgen hin wandte
Friedrich seinen Blick: mächtig zog es ihn nach Asien, nach
der Urheimat der Völker, nach der Stätte, wo Gott den
Vater der Menschen erzeugte. Wundervolle Sagen ver=
nahm er von einem herrlichen Lande tief in Asien, im fernsten
Indien, — von einem urgöttlichen Priesterkönige, der dort
über ein reines glückliches Volk herrsche, unsterblich durch
die Pflege eines wundertätigen Heiligtumes, von der Sage
„der heilige Gral" benannt. — Sollte er dort die ver=
lorene Gottesschau wiederfinden, die herrschsüchtige Priester
jetzt in Rom nach Gutdünken deuteten? —

Der alte Held machte sich auf; mit herrlichem Kriegsge=
gefolge zog er durch Griechenland: er konnte es erobern, —
was lag ihm daran? — ihn zog es unwiderstehlich nach dem
fernen Asien. Dort brach er in stürmischer Schlacht die
Macht der Sarazenen, unbestritten lag ihm das Gelobte Land
offen; ein Fluß war zu überschreiten; nicht mochte er warten,
bis die bequeme Brücke geschlagen, ungeduldig drängte er
nach Osten, — zu Roß sprang er in den Fluß: keiner sah
ihn lebend wieder. —

Seitdem ging die Sage: wohl sei einst der Hüter des
Grales mit dem Heiligtume in das Abendland gezogen
gewesen; große Wunder habe er hier verrichtet: in den Nie=
derlanden, dem alten Sitze der Nibelungen, sei einst ein
Ritter des Grales erschienen, dann aber wieder verschwun=
den, da man verbotenerweise nach ihm geforscht; jetzt sei der
Gral von seinem alten Hüter wieder in das ferne Morgen=

land zurückgeleitet worden; — in einer Burg auf hohem Gebirge in Indien werde er nun wieder verwahrt.

In Wahrheit tritt die Sage vom heiligen Gral bedeutungsvoll genug von da an in die Welt, als das Kaisertum seine idealere Richtung gewann, somit der Hort der Nibelungen an realem Werte immer mehr verlor, um einem geistigeren Gehalte Raum zu geben. Das geistige Aufgehen des Hortes in den Gral ward im deutschen Bewußtsein vollbracht, und der Gral, wenigstens in der Deutung, die ihm von deutschen Dichtern zuteil ward, muß als der ideelle Vertreter und Nachfolger des Nibelungenhortes gelten; auch er stammte aus Asien, aus der Urheimat der Menschen; Gott hatte ihn den Menschen als Inbegriff alles Heiligen zugeführt.

Vor allem wichtig ist es, daß sein Hüter Priester und König zugleich war, also ein Oberhaupt aller geistlichen Ritterschaft, wie sie sich im zwölften Jahrhundert vom Orient her ausgebildet hat. Dieses Oberhaupt war nun in Wahrheit niemand anderes als der Kaiser, von dem alles Rittertum ausging, und in diesem Verhältnisse schien die reale und ideale oberste Weltherrlichkeit, die Vereinigung des höchsten Königtumes und Priestertumes, im Kaiser vollständig erreicht.

Das Streben nach dem Grale vertritt nun das Ringen nach dem Nibelungenhorte, und wie die abendländische Welt, in ihrem Inneren unbefriedigt, endlich über Rom und den Papst hinausging, um die echte Stätte des Heiles in Jerusalem am Grabe des Erlösers zu finden, — wie sie selbst von da unbefriedigt den geistig-sinnlichen Sehnsuchtsblick noch weiter nach Osten hineinwarf, um das Urheiligtum der Menschheit zu finden, — so war der Gral aus dem unzüchtigen Abendlande in das reine, keusche Geburtsland der Völker unnahbar zurückgewichen. —

Sehen wir nun überblicklich die uralte Nibelungensage wie einen geistigen Keim aus der ersten Naturanschauung eines ältesten Geschlechtes entwachsen, sehen wir, namentlich in der geschichtlichen Entwickelung der Sage, diesen Keim als kräftige Pflanze in immer realerem Boden gedeihen, so daß sie in Karl dem Großen ihre stämmigen Fasern tief in die wirkliche Erde zu treiben scheint, so sehen wir endlich im wibelingischen Kaisertume Friedrichs I. diese Pflanze ihre schöne Blume dem Lichte erschließen: mit ihm welkte die Blume; in seinem Enkel Friedrich II., dem geistreichsten aller Kaiser, verbreitete sich der wundervolle Duft der sterbenden wie ein wonniger Märchenrausch durch alle Welt im Abend- und Morgenlande, bis mit dem Enkel auch dieses letzten Kaisers, dem jugendlichen Konrad, der entlaubte, abgewelkte Stamm der Pflanze mit allen ihren Wurzeln und Fasern dem Boden entrissen und vertilgt wurde.

Historischer Niederschlag des realen Inhaltes des Hortes im „tatsächlichen Besitz"

Ein Todesschrei des Entsetzens ging durch alle Völker, als Konrads Haupt in Neapel unter den Streichen dieses Karls von Anjou fiel, der in allen seinen Zügen wohlge= troffen als das Urbild alles nachwibelingischen Königtumes gelten kann. Er stammte aus dem ältesten der neuen Königs= geschlechter: die Capetinger waren in Frankreich bereits seit lange dem letzten französischen Karlinger gefolgt. Hugo Capets Abkunft war wohlbekannt; jeder wußte, was sein

Geſchlecht vordem geweſen und wie er zur Königskrone gelangt war: Klugheit, Politik und, wo es galt, Gewalt, halfen ihm und ſeinen Nachkommen und erſetzten ihnen die Berechtigung, die im Glauben des Volkes ihnen abging. Dieſe Capetinger, in allen ihren ſpäteren Zweigen, wurden das Vorbild des modernen König= und Fürſtentumes: in einem Glauben an ſeine urgeſchlechtliche Herkunft konnte es keine Begründung für ſeine Anſprüche ſuchen; von jedem Fürſten wußte die Mit= und Nachwelt, durch welche bloße Verleihung, um welchen Kaufpreis oder durch welche Gewalttat er zur Macht gelangt, durch welche Kunſt oder durch welche Mittel er ſich in ihr zu erhalten ſtreben mußte.

Mit dem Untergange der Wibelungen war die Menſchheit von der letzten Faſer losgeriſſen worden, mit der ſie gewiſſer= maßen an ihrer geſchlechtlich=natürlichen Herkunft gehangen hatte. Der Hort der Nibelungen hatte ſich in das Reich der Dichtung und der Idee verflüchtigt; nur ein erdiger Nieder= ſchlag war als Bodenſatz von ihm zurückgeblieben: der reale Beſitz.

Im Nibelungenmythus konnten wir eine ungemein ſcharf gezeichnete Anſicht aller der menſchlichen Geſchlechter, welche ihn erfunden, entwickelt und betätigt hatten, von dem Weſen des Beſitzes, des Eigentumes erkennen. Mochte in der älteſten religiöſen Vorſtellung der Hort als die durch das Tageslicht allen erſchloſſene Herrlichkeit der Erde erſcheinen, ſo ſehen wir ihn ſpäter in verdichteter Geſtaltung als die macht= gebende Beute des Helden, der ihn als Lohn der kühnſten und erſtaunlichſten Tat einem überwundenen grauenhaften Geg= ner abgewann. Dieſer Hort, dieſer machtgebende Beſitz wird von nun an wohl als mit erblichem Anrechte von den

Nachkommen jenes göttlichen Helden begehrt, aber über alles charakteristisch ist es, daß er nie in träger Ruhe, durch bloßen Vertrag, sondern nur durch eine ähnliche Tat, wie die des ersten Gewinners es war, von neuem errungen wird. Diese um des Erbes willen stets zu erneuernde Tat hat aber namentlich die moralische Bedeutung der Blutrache, der Vergeltung eines Verwandtenmordes in sich: wir sehen also das Blut, die Leidenschaft, die Liebe, den Haß, kurz — sinnlich und geistig — rein menschliche Bestimmungen und Beweggründe bei dem Erwerbe des Hortes tätig, den Menschen, den rastlosen und leidenden, den durch seine Tat, seinen Sieg, vor allem auch — seinen Besitz dem von ihm gewußten Tode geweihten, an der Spitze aller Vorstellungen von dem Urverhältnisse des Eigentumserwerbes. — Diesen Anschauungen, nach denen vor allem der Mensch geadelt und als der Ausgangspunkt aller Macht gedacht wurde, entsprach vollkommen die Art und Weise, wie im wirklichen Leben über den Besitz verfügt wurde. Galt im frühesten Altertume gewiß der allernatürlichste und einfachste Grundsatz, daß das Maß des Besitzes oder Genußrechtes sich nach dem Bedürfnisse des Menschen zu richten habe, so trat bei Eroberungsvölkern und bei vorhandener Überfülle nicht weniger naturgemäß die Kraft und Tatenkühnheit der ruhmvollsten Streiter als maßgebendes Subjekt zu dem Objekt reicheren und genußbringenderen Erwerbes. In der geschichtlichen Einrichtung des Lehenwesens ersehen wir, solange es seine ursprüngliche Reinheit bewahrte, diesen heroisch menschlichen Grundsatz noch deutlich ausgesprochen: die Verleihung eines Genusses galt für diesen einen gegenwärtigen Menschen, der auf Grund irgendeiner Tat, irgendeines wichtigen Dienstes Ansprüche zu erheben hatte. Von dem

Augenblicke an, wo ein Lehen erblich wurde, verlor der
Mensch, seine persönliche Tüchtigkeit, sein Handeln und
Tun — an Wert, und dieser ging von ihm auf den Besitz
über: der erblich gewordene Besitz, nicht die Tugend der
Person, gab nun den Erbfolgern ihre Bedeutung, und die
hierauf sich gründende immer tiefere Entwertung des Men=
schen, gegen die immer steigende Hochschätzung des Besitzes,
verkörperte sich endlich in den widermenschlichsten Einrich=
tungen, wie denen des Majorates, aus welchen wunderbar
verkehrterweise der spätere Adelige allen Dünkel und Hoch=
mut sog, ohne zu bedenken, wie gerade dadurch, daß er seinen
Wert von einem starr gewordenen Familienbesitze einzig her=
leitete, er den wirklichen menschlichen Adel offenbar ver=
leugne und von sich weise.

Dieser erblich gewordene Besitz, dann überhaupt aber
der Besitz, der tatsächliche Besitz — war nach dem Falle
der heldenhaft menschlichen Wibelungen nun die Berechti=
gung für alles Bestehende und zu Gewinnende; der Besitz
gab nun dem Menschen das Recht, das bisher der Mensch
von sich aus auf den Besitz übertragen. Dieser Bodensatz
des verflüchtigten Nibelungenhortes war es denn auch, den
die nüchternen deutschen Herren sich gewahrt hatten: mochte
der Kaiser sich auf die höchste Spitze der Idee schwingen,
was da unten am Boden haftete, die Herzogtümer, Pfalzen,
Marken und Grafschaften, alle vom Kaiser verliehenen Ämter
und Würden, verdichteten sich in den Händen der durchaus
unidealisch gesinnten Lehnsträger zum Besitz, zum Eigen=
tum. Der Besitz war also nun das Recht, und aufrecht er=
halten ward dieses dadurch, daß fortan nach immer ausge=
bildeterem Systeme alles Bestehende und Gültige nur von
jenem hergeleitet wurde. Wer sich am Besitze beteiligt hatte

und wer sich ihn zu erwerben wußte, galt, aber erst von da ab, als die natürliche Stütze der öffentlichen Macht. Diese mußte aber auch geheiligt werden: was die herrlichsten Kaiser mit gutem Treu und Glauben als ideale Berechtigung für ihren Weltherrscherdrang in Anspruch genommen hatten, wandten diese praktischen Herren nun auch auf ihren Besitz an; die alte, urgöttliche Berechtigung sprach jeder ehemalige kaiserliche Beamte für sich an; der Gottesausspruch war aus Justinians römischem Rechte erklärt und zum verdutzten Staunen der dem Besitze leibeigen gewordenen Menschheit in lateinische Gerichtsbücher gefaßt. Die herkömmlich immer noch bestellten Kaiser, deren Würde man sogleich nach dem Untergange der Wibelungen bereits an den meist zahlenden ersten besten Geldbesitzer verschachert hatte, wußten nach ihrer Erwählung nichts eifriger zu tun, als sich einen ansehnlichen Hausbesitz „von Gottes Gnaden" zu „erwerben", wie man von nun an dieses gewaltsame Aneignen oder Abfeilschen der Länder nannte: die Weltherrschaft überließ man, verständiger geworden, getrost dem lieben Gott, der sich gegen die wirklich herrschende, eigennützigste und verworfenste Gemeinheit der Söhne des heiligen römischen Reiches bei weitem humaner und nachsichtiger benahm, als die alten heidnischen Nibelungenrecken, die sie bei vorkommenden Unverschämtheiten mitunter ganz kurz und bündig von Hof und Lehen gejagt hatten. —

Das „arme Volk" sang, las und druckte mit der Zeit nun die Nibelungenlieder, sein einziges ihm verbliebenes Erbteil vom Horte: nie hörte der Glaube an diesen auf; nur wußte man, daß er nicht mehr in der Welt sei, — denn in einen alten Götterberg war er wieder versenkt, in einen Berg wie der, aus dem ihn Siegfried einst den Nibelungen

abgewonnen. Aber in den Berg hatte ihn der große Kaiser
selbst zurückgeführt, um ihn für bessere Zeiten zu bewahren.
Dort, im Kyffhäuser, sitzt er nun, der alte „Rotbart"
Friedrich; um ihn die Schätze der Nibelungen, zur Seite
ihm das scharfe Schwert, das einst den grimmigen Drachen
erschlug.

Anmerkung

Mit folgenden Worten, die Richard Wagner in seinen „Gesammelten Schriften und Dichtungen" (II. Bd. 1871) strich, schloß die Schrift in der ersten Ausgabe (1850):

„Wann kommst du wieder, Friedrich, du herrlicher Siegfried! und schlägst den bösen nagenden Wurm der Menschheit?" —

„„Zwei Raben fliegen um meinen Berg, — sie mästeten sich fett vom Raube des Reiches! Von Südost hackt der eine, von Nordost hackt der andere: — verjagt die Raben, und der Hort ist euer! — Mich aber laßt ruhig in meinem Götterberge!""

———

Druck der Spamerschen Buchdruckerei in Leipzig

Im Insel=Verlag zu Leipzig erschienen:

Die zwanzig Zwei=Mark=Bände

Jeder Band in Pappband M. 2.—; in Leder M. 4.50

Ludwig van Beethovens Briefe. In Auswahl herausgegeben von Albert Leitzmann. 11. bis 20. Tausend.

Die Bibel, ausgewählt. Herausgegeben von A. u. P. G. Grotjahn.

Fichtes Reden an die deutsche Nation. Eingeleitet von Rudolf Eucken.

Goethes Briefe an Frau von Stein. In Auswahl herausgegeben von Julius Petersen. Mit drei Silhouetten. 11. bis 20. Tausend.

Goethes Sprüche in Prosa. Herausgeg. von H. Krüger=Westend.

Goethes Sprüche in Reimen. Herausgegeben von Max Hecker.

Aus Goethes Tagebüchern. Ausgewählt und eingeleitet von Hans Gerh. Gräf. Mit 2 Faksimiles.

Briefe von Goethes Mutter. Ausgewählt u. eingeleitet von Albert Köster. Mit einer Silhouette der Frau Rath. 31. bis 40 Tausend.

Grimms deutsche Sagen. Ausgewählt und eingeleitet von Paul Merker. Titelumrahmung nach Ludwig Grimm.

Joh. Gottfried Herder: Ideen zur Kulturphilosophie. Ausgewählt von O. u. R. Braun.

Wilhelm von Humboldts Briefe an eine Freundin. In Auswahl herausgegeben von Albert Leitzmann.

Kant=Aussprüche. Herausgegeben von Raoul Richter. 6. bis 10. Tausend.

Heinrich v. Kleists Erzählungen. Eingeleitet von Erich Schmidt.

Lessings Briefe. In Auswahl herausgegeben von Jul. Petersen.

Otto Ludwig: Die Heiterethei. Ein Roman. Herausgegeben u. eingeleitet von Paul Merker.

Mozarts Briefe. Herausgegeben von Albert Leitzmann.

Die Briefe des jungen Schiller. Ausgewählt und eingeleitet von Max Hecker. Mit einer Silhouette.

Der junge Schumann: Dichtungen und Briefe. Herausgegeben von Alfred Schumann.

Richard Wagner: Auswahl seiner Schriften. Herausgegeben von H. St. Chamberlain. 11. bis 20. Tausend.

Des Knaben Wunderhorn. Ausgewählt und eingeleitet von Friedrich Ranke. Mit Titelvignette und Titelvollbild nach der ersten Ausgabe.